廣東俗語考

江孔殷署

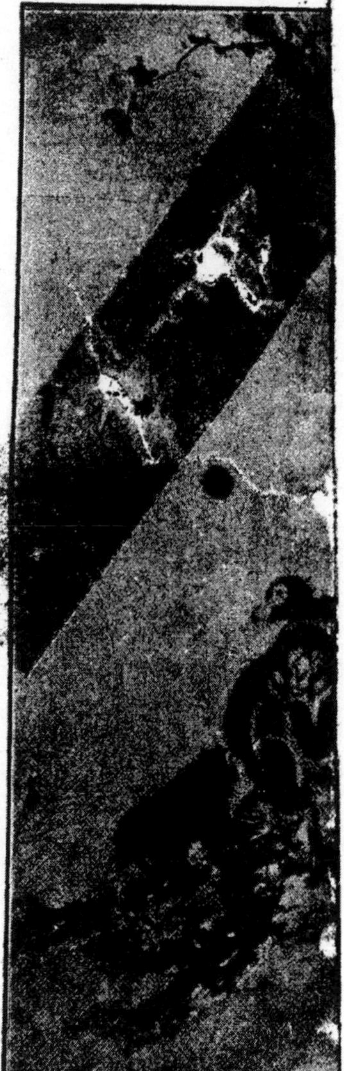

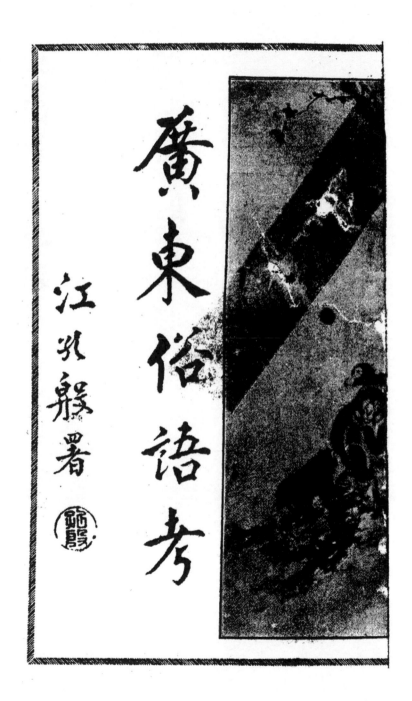

廣東俗語考目錄

弁言

吾粵僻處南陲方言與中原迥異向有鴃舌之稱平常講話往往有聲無字或有字無義初以為沿襲土音各地皆然固不必求甚解也迨見吾友孔仲南之廣東俗語考乃恍然于無字而實有字無義而實有義仲南為前清高要廩生以詩鐘能文名于時詞章而外兼通訓詁之學此書考勘精確引證詳明諧聲會意一目了然方今白話盛行競尚通俗文字得之不至苦無覓處自茲卒業成卷吾知此書一出有功粵語不少家置一編必矣癸酉八月南海江孔殷識于小百二蘭齋

廣東俗語考

凡例

一聲氣一類。原依照天聲人聲物聲編纂。其有已歸各類者從畧。

一性質該括人事。凡屬人事類者附之。情狀分人物兩種。凡雙聲叠韻字附之。

一叠字多在脚。間有在頭者。故分爲兩種。

一名稱有人類。有鬼神。有物類之稱呼。如馬曰一匹。牛曰一隻。俱歸名稱一類。另附於後。

一普通器具動植各物。俗語與文字相符者。悉付闕如。其有形聲義未盡脗合者。始行收入。

一語詞一類。緣尚未齊備。容再搜輯。歸入續集。

廣東方言卷八（原名廣東俗語考）

高要孔仲南紱菴著

釋聲氣

細聲曰䶎。大聲曰嘄。曰嗷。(通叫)曰喊。曰譮。喧譁曰嘈閙。曰墟閧。呵拒曰啐。曰咅。(通呸)訶叱曰呼嘐。驚歎曰唉。(通誒)曰咦。曰傒事。鄙薄之聲曰嗤。曰嘻。笑聲曰咭。(通款)曰欵歌。(呵嘻通)曰膎膎。(通噱啣)笑人曰嗢噱。病痛曰呻。曰殘殟。驚疑曰誒詒。疾痛而撫摩之曰燠咻。苦力扛物聲曰與謣。(通邪許)愁苦聲曰謦欬。(通磬)食聲曰諜。(前見)飲聲曰嘓。嘔聲曰㱆。多言曰嘜。曰吃。(通嗖)曰謰謱。曰囉嗦。曰㦧贅。言不正曰謵讋。委曲陳詞曰覶縷。夢語曰囈語。惡聲曰轣轆。兒啼曰喑。曰嬰娩。喊苦曰瘖瘖。懷子曰咳咳。嬰兒學語曰咿啞。曰嘔啞。呼雞曰喌。驅雞曰庶。喝狗使鬥曰嗾。丐氣曰咍。忍氣曰欶。(通嗍)激氣曰惱。聲勢疾曰渴渴。曰迮迮。人行聲曰彳亍。(通躑躅)物行聲曰胥疏。(通窸窣)射擊聲曰[illegible]。指節聲曰咇。皮骨相離聲曰砉騞。猝然曰懸朴。大聲曰㫰訇。繁聲曰呲劉暴繂。鳴曰嗅。雞鳴曰喔。曰偶。鵲鳴曰喈。犬吠曰嘷。虎聲曰虓。羊聲曰咩。蛙聲曰閣。鳥鳴曰啁哳。魚食曰唽。(通嘍)魚躍曰跋剌。風聲曰颯。雨聲曰霅。(前見)雷聲曰靇。孖聲曰歷甎。石聲曰硞礐。曰砰磅。曰硿硠。沙石剝落聲曰砉碌。錢聲曰琤。鈴聲曰琅。鼓聲曰鼛。曰鼞。鑼聲曰鏜。履聲曰橐橐。鬼聲曰魌。

廣東俗語考

韽嘄噭喊癐嘈闠啐咅喝唉咦

—讀若音。聲小也。即柔聲下氣。俗謂細聲曰—聲細氣。『唐韵』恩廿切。『集韵』於金切。音陰。『說文』下徹聲。『廣韵』聲小。『周禮』微聲。『注』聲小不成也。

—音腰。叫人也。『唐韵』音饒。『說文』聲——也。『前漢伍被傳狂』夫—嘑於東崖。

—與叫同。『說文』呼也。『曲禮』毋—應。注云。號呼之聲也。詩經作叫。呼不知叫號。

—叫—也。『揚子方言』喊聲也。又今人謂啼聲曰喊。有落地喊三聲。好醜命生成之諺。

音威。呼人之聲。曰——。『字彙補』影規切。喊聲也。『輟耕錄』淮人寇江南。齊聲大喊阿——

『玉篇』嘈聲也。『廣韵』喧嘈。鬧擾也。『柳宗元文』以召鬧取怒乎。又妄起風波曰鬧事。諺又有嘈吵。嘈嘈閉語。『白居易詩』大絃嘈嘈如急雨。

人嘈謂之墟—。言如墟市之閧也。『孟子』鄒與魯閧。注—聲也。古稱一閧之市。此墟—之說所本。

—讀若棠平聲。『說文』驚也。『增韵』咄—呼也。『說文』又云語相呵拒也。今婦人抵拒人。發聲必曰—。即咄咄驚呼之意。

—與呸同。婦女唾罵人。動輙曰—。不受也『說文』—者相與語唾而不受也。—讀若丕。

呼喝。猶呼叱也。諺有呼奴喝婢語。古有呼盧喝雉之說。作呼叱解。『戰國策』恫疑虛喝。注云訶也

—音挨。『說文』可惡之詞也。又歎恨發聲之詞。『史記』亞父受玉斗置之地。拔劍撞而破之曰。—豎子不足與謀。

—音夷。『說文』南陽謂大呼曰—。今人作驚詫聲曰—。如以爲不然之詞曰嘻。或曰吁。吁音作欺。『書經』吁咈哉。又吁。嚚訟可乎。

侅事　——讀若該死。過出人意外之事。往往曰該死咯。事與死同音。『說文』——非常也。『方言』非常曰——。粵語本此。

嗤　——讀若奢。笑人之聲。有鄙薄之意。「玉篇」笑貌。「樊宏傳」時人嗤之。

嘻　「集韵」嘻敕也。「詩疏」成湯見四面羅者曰嘻。盡之矣。「檀弓」夫子曰嘻。其甚也。「注」悲恨之聲。

咭　——讀若揭。尖聲。人笑輒作——聲「玉篇」——笑貌。「廣韵」音吉。義同。

歁　——讀若欺蝦。大笑也。「玉篇」嘻嘻和樂聲。「易」婦子嘻嘻。「博雅」呵呵笑聲。故笑聲曰嘻嘻呵呵。

腶々　——讀若騎。——笑聲。「廣韵」——大笑。通作噱。

嗢噱　——讀若則㞓　笑侮人曰——「廣韵」——笑不止也。

呻　讀若申去聲。疾痛呻氣也。「說文」呻吟也。「詩經」民之方殿屎。「爾雅」殿屎。呻也。言民方苦呻吟也。

𣩚𣩘　——𣩘下去聲。—硬下去聲。病人辛苦曰——。「集韵」——困病貌。

誒詒　——讀若而倚。疑神疑鬼之詞。「正韵」——疑病。「莊子」——一爲病數日。注云。失魂魄貌。

燠咻　——讀若呵苛。凡小兒觸著覺痛。輒撫之曰呵苛。好過舊時多。——卽呵苛之語聲。「左傳」民人疾痛而或——之。注云。——痛念之聲。「釋文」於喩瘉喩兩切。

輿謣　讀若余吁。舉重勸力歌也。「呂覽」今舉大木者。前呼——後亦應之。又作于喁。「莊子」前者唱于。而隨者唱喁。今抬物者輒作此聲。——淮南子作邪許。

廣東俗語考

謷嘓

——通作嗷。讀若肴去聲。「說文」衆口愁也。今人謂人多痛苦曰嗷嗷聲。「詩經」哀鳴嗷嗷。

——讀若管入聲。水入喉聲也。「廣韵」口——煩也。

嗀

——讀若汪入聲。——聲嘔吐也。「說文」——歐貌。剋學反。徐鍇曰。心惡未至於歐。因——出之也。

吺

——音兜。講話大聲也。有講得——聲之說。「說文」——多言也。——言多大聲之意。

吒

——音渣。言語無度也。『玉篇』知加切。口——言聲大也。

謰謱

——讀若離孥。言語紛亂曰——。「方言」——孥也。「字彙」繁絮也。「類篇」語亂也。本音連婁。離孥爲連婁之聲轉。

囉嗦

——音裸平聲。——音梳。與人爭執言語煩多曰——。『集韵』——多言也。

懺贅

俗謂人語多曰——。凡人懺悔。必頻頻言之。「莊子」彼以生爲附贅縣疣。注云。橫生一肉屬於體曰贅。即多餘之意。人多言所以謂之贅。又曰贅累。以其累言之也。

誻譶

——讀若搭颯。凡講三講四者。曰無——。「集韵」——言不正也。通作傝㒌。惡也又不謹也

覼縷

覼音羅。凡言語多所徵引者曰覼縷。本音羅屢。今讀羅璉。委曲也。唐代文字。多用乘筆覼縷爲詞。亦多所徵引之意。

唅

——「集韻」吾含切。讀若擒去聲。夢中作聲曰發唅話。「列子」眠中——呻呼。注云。寐聲。

輘輷

——讀若楞轟。謂人兇惡大聲曰——。「集韻」——車聲。「韓愈詩」——掉狂車。

呱

呱音瓜○兒啼聲○「書經」啟呱呱而泣○

嫛娩

讀若醫倚○「說文」人始生也○「釋名」是也○——其啼聲○

寣

——讀若○寡小兒驚喊聲○『說文』臥驚也○一曰小兒號——○火滑切○又讀作弗○粵語有喊苦——之說○

咳

咳讀若譪○凡抱子者必撫其背曰咳咳○『說文』亥從二○古上字也○一人男○一人女○從乙○象懷子咳咳之形○粵語本此○

咿啞

——小兒學語聲「蘇軾詩」小兒——語繡幌○

嬰嘔

嬰音鶯○嘔音句○小兒學語曰——「釋名」人始生曰嬰兒○「廣韻」嗢嘔○小兒語也○

喌

——讀若沼○呼雞聲○『說文』呼雞重言之○隻逐反○音祝○粵語呼雞亦作菊菊之聲○

庶

庶讀若殊○凡驅逐物類○其聲必曰庶庶○『集韻』賞呂切○音暑○『周禮秋官』庶氏注○庶讀如藥煮之煮○驅逐蠱毒之言也○故作驅逐之聲者曰庶○

嗾

讀若盍○「說文」——使犬聲也○『左傳』公——夫獒焉○注云○使犬者作之嗾也○

㖃

——音舊○蓄怒而氣不舒也○「說文」——厚怒聲○音吼○入有韵○

欶

——音朔○氣吸入曰——○人受苦則曰——氣○「說文」吮也○人吮物則氣吸入○故吸入謂之——○

惱

——讀若扭平聲○忿恨也○『說文』——有所恨也○「增韵」事物撓心也○本上聲讀作平聲○

廣東俗語考

馮馮

馮馮聲〇馮讀若凭 去聲〇形容疾行者聲勢〇曰馮馮聲〇『說文』馮〇馬行疾也〇皮冰切〇段氏曰〇馬行疾馮馮然〇

迮迮

——音乍〇言突如而來——聲也〇「說文」——起也〇謂起之速〇故曰——〇

彳亍

——讀若直摘〇行步聲〇左步爲—〇右步爲—〇『射雉賦』——中輟〇與躑躅通〇

胥疏

讀若是沙〇（去聲）『莊子』蛇謂風〇吾方——於江湖之上〇註云——蛇行貌〇今謂物行聲〇通作窸窣〇『李賀詩』紙錢窸窣鳴飆風〇又胥音近僁〇「釋文」動草聲〇

擂爆

——音白雹〇射中物聲〇『張衡西京賦』流鏑——〇『唐韻』——射中物聲〇『韻會』—擊聲〇

肑

—音隙〇今人將指節拗之〇輒作—聲〇『集韻』—必歷切〇指節聲〇

砉騞

——音礫勒〇皮骨相離聲〇『莊子』—然嚮然〇奏刀—然〇註云〇解牛聲〇

憵朴

——讀若碧朴〇言聲响之急連也〇『方言』——猝也〇郭註〇急速也〇今人言來勢急速者〇必曰——聲〇

匉訇

——讀若扃轟〇『廣韻』——大聲也〇

毗劉暴樂

————狀聲之雜至曰————〇見爾雅〇又轉爲必礫迫落〇放鞭炮聲〇又轉爲必栗拔辣〇鷄撲翼聲〇又轉爲被離逋盧〇放屁聲〇此皆諧聲字〇無一定之字也〇見客方言〇

吱

—音支〇—聲也〇蟬以翼鳴〇作——聲〇諺曰〇——喊〇荔支熟〇

喈

『詩』鷄鳴——〇讀作稽〇朱子詩傳〇凡—字俱叶居奚反〇鷄唱聲——然也〇

唶 |讀若生入聲。凡鴉鵲輒作||之聲。「爾雅」行扈||。疏云鳥聲也。

嘷 |讀若蒿。「廣韵」熊虎聲。「左傳」豺狼所|。「戰國策」兕虎|之聲若雷霆。今謂犬吠爲||聲

唬 |讀若拗平聲。虎聲也。「說文」|虎鳴也。「詩」闞如|虎。傳云。虎之目怒|然。

咩 |讀若乜平聲。彌嗟切。「玉篇」羊鳴也。

閣 蛙鳴之聲曰|。「韓愈詩」蛙黽聲無謂。||祇亂人。

啁哳 讀若支渣。鳥聲也。「楚辭」鵾雞||而悲鳴。通作嘲哳。「張來詩」吳舌動嘲哳。

咂 |讀若黠入聲。有食得|聲之說。「廣韵」子答切。「風俗通」入口曰|。或作啑唼「楚詞」鳧雁皆唼。蓋鴨類食物作此聲也。

跋剌 讀若拔辣。魚躍聲。「李白詩」||銀盤欲飛去。

颯 颯颯。風雨聲。讀若沙下去聲。「宋玉風賦」有風|然而至。「杜甫詩」寒雨||枯樹濕。

靇 |音龍。「集韻」||雷聲。

歷㼜 ||音力勒。||瓦聲。「唐韻」零帖切。「說文」蹈瓦聲。「玉篇」||蹋瓦聲「正字通」凡損破聲通謂之||。

䃔礐 ||音共隆。「廣韻」石落聲。「韓愈詩」投 鬧||

廣東俗語考

砰磅 砊硠 磝 琤 琅 鞳 鼟 橐 𩲡

砰磅音平滂。石落聲。「上林賦」砰磅訇礚。

——音抗狼。「說文」石聲。又作磅硠。見思玄賦。

讀若席摘。又讀若治乍。—以石上擲復下墮也。『說文』—碎石隕聲也。故形容沙石紛落之聲曰——。

—讀若生。凡人言錢聲。曰荷包——聲。金玉之聲。其響清越曰—。

鈴聲曰—。故稱鈴爲——。『周禮』司馬法曰。鼓聲不過閶。鼙聲不過闆。鐸聲不過琅。

—音塌。鼓聲。『上林賦』鏗鎗鐺—。諺語狀鑼鼓之聲者曰——鼕。

—音彤。『說文』—鼓聲。通作鼕。『周傳』語設六街鼓。號爲鼕鼕鼓。

屐聲也。『危素傳』素行簾外屐聲——然。

—居几切。『說文』鬼魅聲——不止也。

廣東方言卷

釋性質

聰明曰精乖。曰靈醒。曰伶俐。曰鑠馰。蠢鈍曰獃。曰笨。曰大懵。曰懵懂。曰恂愗。曰戇惷。曰渾沌。曰銖鈍。癲狂曰戇。曰傻。曰倀仔。曰抗髒。正派曰正經。不正曰鬼鮍。曰𨘢尬。曰骩骳。曰譎觚。曰詭譎。受教曰馴善。不受教曰頑皮。曰堅驢。曰藍歷。曰鬥勦。樸實曰古老。虛浮曰白醭。曰荒唐。曰大奅。通泡曰謊謬。好謂之嬾。不好曰甚。曰鬫。曰夂邋遢曰蝦䫲。賤格曰下作。橫惡曰蠻豨。通曰狼抗。曰盲澄鬆。欺詐曰賑、前覞曰黃六。曰光棍。慳吝曰亶嗇。曰鎦銖。不潔曰齷齪。曰邋遢。曰藞磋。曰鏽鏉。容不修飾曰鬅鬙。老態曰龍鍾。英爽曰軒昂。活潑曰瀟洒。態度雍容曰娉婷。性情乖張曰愎戾。情不定曰嬥嬈。貌不和悅曰艴艵。硬頸曰䜭。無情曰倔情。柔緩曰蛺嬴。軟弱曰孱失勢。無聊曰落魄。曰蹭蹬。不能自立曰尷尬。行為墮落曰往徥。優游寡斷曰、婞嬰。憂愁曰顚顑。悚懼曰屛營。昏迷曰昏頓。心慌曰忐忑。驚疑曰錯愕。不決曰猶疑。曰踟躕。無主曰徬徨。心不定曰惝怳。神不寧曰酕醄。心不能忘曰芥蔕。畏羞不前曰忸怩。安閒曰逍遙。曰優游。不安曰侷促。曰屈詘。閃躲曰瑟縮。淫冶曰媱。通姣親昵曰㛟。

乖

精是精明。乖是乖巧。粵謂小孩之黠慧者爲乖。有精乖伶俐之說。『朱子語錄』張良少年也躁暴。後來被黃石公教便細心。此其所以乖也。是古人已有作黠慧用者矣。

靈醒　伶俐

「書傳」靈神也。「詩傳」神之精明者稱靈。靈則不昧也。「說文」醉解曰醒。人醒則不沈迷也。人有智慧曰伶俐。亦曰聰明伶俐。『元曲楊氏勸夫曲』有伶牙俐齒語。謂言語伶俐。

鑠

—讀靚入聲。稱人精壯矯健曰鑠馬。『漢書馬援傳』援據鞍顧盼。以示可用。帝曰。矍鑠哉此翁也。粵語鑠馬本此。謂其矍鑠如馬援也。

獃

獃音呆。蠢鈍不靈也。『廣韻』獃癡。象犬小時未有分別。

笨

蠢愚曰笨。又曰笨鈍。『晉書』史疇以人肥大。時人目爲笨伯。

懵

爲蠢無知曰大—。「說文」—不明也。「廣雅」闇也。或作懵。「正韻」懵懂。心亂也。今謂不甚明白曰—懂。米元章父子工畫水。「羅鄴年詩」善畫無根樹。能描—懂山。謂山之合烟雨者模糊不清也。

怐愗

—讀若牛去聲。—讀若豆。「玉篇」——。愚貌。「楚詞」直——以自苦。「荀子」作傋瞀「說文」。瞀低目謹視也。低目謹視。則神氣妄晝可知。故人無精神。亦曰怐瞀。

戇憃

讀若盎撞。謂人癡騃不明事理也。「說文」戇愚也。見史記王陵傳。—愚也。見「禮記注」。重而言之曰——。

渾沌

通作渾敦。不明事理曰渾敦。「左傳」帝鴻氏有不才子。天下之人謂之渾敦。「注」渾敦。不開通之貌。通作混沌。

銖

銖音殊。人蠢鈍曰銖鈍。「博雅」銖鈍也。「淮南子」兵其戈銖而無刃。「注」楚人謂刀頓曰銖。粵以銖薯同音。故又目爲大番薯。

戇

—讀若昂去聲。愚妄也。「史記」然陵少—。陳平可以助之。「汲黯傳」甚矣汲黯之—也。

傻

—讀若梳下去聲。不慧也。「詞箋逸字」—音洒。「韻會」—俏不仁。

侲 髒 正經 衇 尷尬 骫骳 譎 詭 馴 頑 𤛓 盩厔

—讀若脣○半顚半戇爲—仔○「漢書禮儀志」先臘一日大儺○選十二歲子弟爲—子○執大鼗以逐疫○方相氏黃金四目○執戈揚盾○以索室毆疫○粵呼字顚戇者爲—子本此○

—讀若喪○(去聲)婞直謂之抗—○「後漢趙壹傳」抗—倚門邊○注云○抗—婞直之貌○

人能非禮勿視勿聽者爲正經○「論語攻乎異端疏」不學正經善道○而攻乎異端之書○正經二字本此

謂人黠慧曰鬼馬○鬼者如鬼之精靈○惟馬字無解○按「方言」虔儇慧也○趙魏之間謂之黠○或謂之鬼○注云○鬼—也○「方言十」—又慧也○是鬼馬即鬼—之轉變○

——讀若襤拐○事之不正曰——○「說文」——不正也○「玉篇」——行不正○

——讀若鬼皺○不正常也○「枚乘傳」其文——○言委曲屈曲不軌於正也○

—讀若鐵○詐騙之人謂之—觚○「周禮天官小宰疏」兵書有—觚之人○謂譎詐然出○觚角非常也○

詭譎讀若鬼骨○「玉篇」詭欺也○「東京賦」瑰詭異譎○注云○變—也○「論語」齊桓公正而不譎○

「說文」馴○馬順也○「玉篇」從也善也○「莊子」與物無害故物馴也○

頑音顏○「廣韻」愚也癡也○「左傳」心不則德義之經爲頑○

—音腎○小孩不聽教爲—驢○「說文」—○牛不從引也○「集韻」不從羈謂之—○人臨不驅○猶驢馬之不從羈○故曰—驢○

——讀若糟質○言其人屈曲而不循理也「正韻」——縣在京兆○水曲曰—○山曲曰—○故名○

韌　耇　醭　蓎　奅　謊　囋　書　闌　文　蝦　能

韌讀若銀去聲。嬉皮涎臉磨門一。謂以柔制勝也。

舊物爲古老。人而守舊、亦曰古老。「書無逸傳」小人之子。輕侮其父母。曰古老之人。無所聞知。

一讀若樸。白一。言人浮夸虛有其表也。「廣韻」一音扑。醋生白一「集韻」酒上白。故浮於表面者。謂之白一。亦謂之沙塵。

「說文」唐。大言也。「莊子」荒唐之言。「韓文」莊周以荒唐之詞鳴於楚。今謂大言不慚曰荒唐。

一音炮。言語浮夸曰大一。俗作大炮。「揚子方言」以大言冒人曰一。又破石曰一。可與今之碗字通矣。

謊音荒。「說文」夢言也。謬。狂者之妄言也。

一音讚。凡好曰一。不好曰唔一。「說文」一、白好也。

「廣韻」甚。偶爾也。「說文」會。於也。古人言甚字。多用於不好方面。如甚矣吾衰也。是既太甚。被稱人者亦曰甚、故內語即作不好之代名詞。

一音吝上聲。品行不端曰一。「說文」一、行少力劣也。引伸爲凡物之不好曰一。

一音曳平聲。笑人落後曰一雞。「說文」行遲曳一一。象人兩脛有所躧也。楚危切。行遲即將落後。故俗謂之一。一面曰雞。蓋隱喻指點。笑爲落後之雞耳。

一杜果切。音朵上聲。卵不成也。事敗無成曰一一。音如蛋之不孚也。

一音安。鳥獸解毛羽也。衰敗之象。故人作事不成曰一一。

下作 下流謂之下作。作，爲也。言下流所爲。按下作本下足之誤。「傳燈錄」黃蘗云：裴是卽佛，下足卽衆生。粵語本此。

豩 —音墳。蠻—不循理也。「說文」——二豕也。二豕相豶，其野蠻可知。故以稱人野蠻曰蠻——。

狼 抗音康。性不馴善曰狼抗。「晉書」王敦剛愎強忍，狼抗無上。「集韻」抗，丘剛切。

龑鋹 粵以龑—樞劉—俱蠻橫不道，故目人之不循理者爲龑—。

黃六 廣寫黃六之黃六。有黃六先生。黃黃六六之號。相傳黃與兄弟六人，魚居黃六指。故目黃六詐頗黃六。

棍 混無賴棍。當是混字之音轉。混通作渾。混濁。混雜。混淆。皆有以僞亂真之義。今以混字當之，混非成是矣。

亂 —嗇。—音慳嗇。又讀若遏失。吝惜也。「方言」——嗇貪也。荊汝江湘之郊，凡貪而不施謂之—。或謂之嗇。或謂之吝。音懿。懿憂雙聲。

鎝錄 今俗謂慳吝之人曰吝嗇。嗇作——。言其——計較也。

齷齪 齷齪者，兩遣之轉音。不潔也。「韓文」猥瑣——。「史記」作委瑣握齪。

邋遢 ——讀若拉撻。地方不潔曰——。「廣韻」音臘榻。——，不謹事也。專既不謹，卽不修潔之謂。「敬止錄」俗謂不潔曰——。

蓊蘒 —音拏上聲。—音渣上聲。不潔也。「玉篇」——不中貌。「鶴林玉露」安子文自贊：有面目泼，行步——句。

鍋鏉 音滯暴。物齷齪也。「集韻」——鐵生衣也。鐵生銹則不潔，故不潔曰——。

廣東俗語考

鬅鬙 —音能去聲。—音僧下去聲。容貌不修飾也。原音朋僧。謂髮散亂而極蓬鬆也。「陸游詩」倚屏吟嘯髮——。

龍鍾 龍鍾讀若窿中。衰老之貌。俗言之曰龍龍鍾鍾。「杜甫詩」何太龍鍾極。言老態也。「蘇軾詩」龍鍾踏泥潤。言步履艱難也。

軒昂 儀態不凡曰——。「三國志」董卓受任無功。而——自高。

瀟洒 清高絕俗曰——。「李白詩」一身自——。萬物何囂諠。

娉婷 今人言紓遲曰——。按——女子美好貌。女子美好者。其行步——。「杜甫詩」不嫁惜——。

愎 —讀若拔。性情執拗。與人違忤曰—戾。「廣韻」音煏。狠也。戾也。「左傳」—諫違卜。通作愎戾。

嫽嬈 ——讀若料跳。性情不定曰——。「廣韻」——不仁也。

艷[曾色] —讀嘐上聲。—讀若曾上聲。面色不和順曰——。「集韻」——色惡也。

謽 —音強去聲。人性強硬不肯屈服曰—。「集韻」巨兩切。詞不屈也。即強硬之意。

倔 —音掘。無曰—。情通作屈。「說文」屈無尾也。無尾爲屈尾。故無情曰屈情。街巷不通者曰屈頭巷。

[立夾]羸 ——讀若立儒。做事柔緩曰——。「集韻」——行不正也。「說文」—瘻也。「類篇」—弱立貌。——爲瘻弱之形。是以柔緩也。

孱 孱讀若棨。罵人劣弱爲孱頭。又讀若潺。下平聲。如孱野之類。「說文」孱　也。「史記」貫高曰。吾王孱王也。即怯懦無能之意。

心一堂粵語．粵文化經典文庫

落魄 讀若落薄。貧無家業曰——。「史記」家貧——。亦作落拓。南史作落泊。見杜稜傳。

蹭蹬 —音僧去聲。—音鄧。人失勢無聊曰——。「木華海賦」或乃——窮波。「李白詩」——遭讒毀。「說文」——失道也。

尷尬 讀若低威。自承無力要人扶持。曰認句——。「說文」跛不能行。爲人所引曰——。

徃徥 —音拉。—音歹平聲。墮落謂之——。「集韵」——邪行貌。

婍嬰 讀若鶴於。毫無決斷曰——。俗謂無決斷而蝕虧者。動曰鶴鶴於。唔見錢。即——也。「石鼓歌」「詎肯感激徒——。言自有風骨。不肯俯仰隨人也。

贔屭 讀若蔽翳。愁苦之狀。「西京賦」巨靈贔屭。「注」作力貌。一曰雌鰲。此物好負重。今碑下龜趺者是。粵人借此以喻愁苦也。

屏營 讀若頂形。失驚後說不出話曰屏營。「廣雅」屏營征忪也。「吳語」屏營徬徨於山林之中

頓 頭暈曰昏頓。昏者昏闇。頓者惛也。「楊子方言」頓愍惛也。南楚飲毒藥懣。謂之頓愍。猶中齊言眠眩也。

忐忑 音毯忒。心志不定也。亦作心虛解。「道藏三元經」心心——。謂用心懇至也。

錯愕 讀若特額。倉猝驚駭之意。「韓文」——迎拜。盡降其軍。

猶 遲疑不決曰一豫。禮記作猶與。—豫二獸。多疑惑。故人之多疑者似之。

踟躕 讀若治謝。瞻顧遲疑欲行又止之意。「詩經」搔首——

徬徨 心神無主曰徬徨。「史記」徬徨不能去。

惝恍 ——音倘恍。心神不定也。「潘岳賦」超——以慟懷。

酕醄 ——讀若傲道。精神惝恍。有如被酒之意。本音毛陶。極醉貌。「姚合詩」逃酒——飲「晁補之詩」有時醉——。小大翻盞斝。毛陶遨道。一聲之轉。

芥蔕 ——讀若計帶。心有所不能忘曰——。「漢書」細故——何足以疑。一作——。小鯁也。

忸怩 忸怩讀若狃甯。欲前不前之意。「書經」顏厚有忸怩。言其有虧於中。難以對人。惡縮不前也。怩本音尼。尼甯雙聲。

逍遙 逍遙讀若收由。舉止安閒曰逍遙。「詩經」河上乎逍遙。禮記作逍搖。莊子有逍遙遊篇。義取閒放不拘。怡適自得也。

優游 閒暇自適。凡百稱意曰優游。「詩經」愼爾優游。

侷促 ——亦作局趣。舉止不安曰——。今人謂地方狹隘曰——。「漢書」—。局趣效轅下駒。

詘 —讀若質。不舒服曰屈。「說文」詰—也。禮喪大記。凡陳衣不—。注謂舒而不卷也。

瑟縮 瑟縮讀若尸宿。不敢前也。「蘇軾詩」歸來瑟縮愈不安。瑟字入聲轉讀平聲。

媱 —讀若效平聲。「方言」作遙。遙窕淫也。九嶷荊郊之間。謂淫爲遙。遙通作—。「廣雅」—窕—也。或作姣。參看姣條。

黐 —讀若騾上聲。男女癡情。有—脫雙髀之說。「揚子方言」—黏也。齊魯靑徐自關而東曰—。又俗謂兩情愉快曰妮。通作嫟。妮讀若撚入聲。

廣東方言卷十

釋情狀

少曰乇多。單曰伶仃。高曰㑳侗。長曰傹㑩。曰躂蹻。曰陜陛。闊曰流碭。曲曰彎蟯。遠
曰逷遞。窄曰迫窄。勒曰擘勒。迦翻危險曰岌業。曰傒巘。曰槳敵。雜亂曰歷亂。曰𦚔膗。
光閃曰𤈦雲。無物曰空洞。打污曰澳恐。沾濕曰淋漓。旁濺曰攋。已成雛形曰諸模。
運蹇曰衰𩃳。曰菱落。過氣曰頹唐。小病曰殗殜。行倦曰𨁂趹。曰𤸫瘃。做倦曰瞉足
跛曰蹩躠。懇切曰懇懃。注意曰鄭重。草率曰潦草。苟且曰鹵莽。不明白曰含胡。不
切實曰敷衍。事有阻難曰杌隉。曰遮迣。曰崎嶇。事出意外曰離奇。事有可疑曰蹺
欹。不肯為曰佁儗。有斬截曰撇脫。重墜曰礧墜。曰磊𡣨。攬擾曰胡恩。曰攪擾。紛亂
曰㷀㛹。艱難曰厲揭。手困曰拮据。勞碌曰奔波。無處尋覓曰渺茫。見之不真曰恍
惚。髣髴通突如其來曰突兀。橫加侵陵曰唐突。打理曰料理。手撫曰摩挲。揣量曰敁
掇。不進曰逗遛。估價相爭曰齮齕。勢不相容曰秖㡿。流蕩忘歸曰浪宕。未能融洽
曰生濕。利己損人曰刮削。聲威曰價勢。盡處曰末尾。輕薄曰趫𨇤。毀棄曰躪蹋。緊
謂之搋。厚謂之吪。橫惡曰狼戾。狡惡曰刁蠻。

乜

—讀若顛入聲○少也○『說文』—○子列切○少也○重言之曰——咁多○乂爭—多○俾—添○開—○埋—○高—○低—○皆言少也○

伶仃

孤單曰——○『魏觀詩』形影何——○亦作零丁○『陳情表』零丁孤苦○言獨行無侶也○

儱侗

——音弄動○狀高之貌曰高——『集韵』『正韵』——直也○長大也○

倰僜

—音勒去聲○—音蕚下去聲○物之長者曰長——○『玉篇上人部』——長貌○『廣韵』——長也○

䮭驕

—音了○—讀若橋上聲○物之長者曰長——『廣雅』集韵引射蒼云○細長也○

[阝來]隑

—音賴上聲○—音拐下上聲○衫之長者曰長——○『集韵』——長碼貌○

沆碭

——讀若朗蕩○廣大而無收束曰——○『說文』莽沆○大水也○過也溢也○『前漢郊祀歌』『西顥——』○秋氣肅殺○堪輿家有明堂——子孫稀之語○

攣蜷

—讀若戀平聲○—讀若拳上平聲○屈曲曰——○『說文』攣係也○凡拘牽連繫皆曰攣○『類篇』蜷○虫行詰屈也○前漢作攣拘○甘泉賦作連蜷○莊子作䜌卷○不舒申也○

迢遞

路遠曰——『說文』——也○『正字通』遠不相通也○

笮

—音責○『篇海』狹也迫也○屋上板也○『說文』在瓦之下棼之上○『釋名』—迮也○編竹相連近迮也○今作窄○

掔

—音腡○韌也○『玉篇』堅也○『博雅』固確—也○

嶪

傾危欲跌曰岌—○讀若岩入聲○『呂華文』『江淮岌—』○力屈則降○『白居易詩』岌—形將動○

徯𪘂 ———讀若兒嬉。凡事不安穩曰——『揚子方言』——危也。東齊㨩物而危。謂之——

奚殺 —音繳。—讀若奚上平聲。『說文』隔也。危險之意。俗遇危險之事。必呼曰——。遇險之言也。

亂 歷亂若立。亂也。亦曰歷歷亂『大戴禮』歷者獄之所由生『注』歷歷亂也。『鮑照詩』黃絲歷亂不可治

𦝀𦝁 ——讀若笠㙮。拉雜也。『集韻』——肉雜也。引伸爲凡物雜亂名詞。通作擸㩍。

熠霅 ———讀若亦颯。電光閃爍曰——。『漢書』猋飛景附。——其間。注云。——光貌。

空洞 寬濶無所有曰——。『世說』周顗自言其腹曰。此中——無物。足容卿輩數百人。

澳涊 今人言衣服打汚曰——。讀若打撚。——垢汚也。『楚詞』切——之流俗。『文賦』故——而不鮮

淋漓 霖濡之貌。如言大雨——『韓詩』赤龍拔鬚血——。

攋 —讀若理。物之陂陀垂下曰—。『方言』—墮壞也。凡物之不平而垂下者皆曰—。

譜模 譜如書譜。模如型模。言僅得其雛形。未成器也。

霉 霉音梅。時運不濟曰霉。如衰霉。倒霉。撈到霉。『正字通』江南以三月爲迎梅雨。五月爲送梅雨。梅當作霉。雨中暑氣也。霉雨善汚衣服。易於霉壞。故壞亦曰霉。物之腐敗者曰霉。

菱落 人衰落曰菱落。一作零落。又曰七菱八落。『直語補證』菱過七日則落。故言七菱八落。杭人對以十榛九空。

頹 讀若退。人無振作曰—唐。頹墜也。卽頹敗衰頹之意。「王褒洞簫賦」—唐遂往。長辭遠逝。漂不還兮。

殗殜 ——讀若奄尖。小病曰——。『揚子方言』自關而西秦晉之間。凡病而不甚曰——。郭璞注。—病半臥半起也。今人言身有微病。重言之曰身子——。

殀殃 —音賴上聲。—音拐下上聲。倦行無力曰——。『博雅』極也。『玉篇』喘也。——困極也。

殢㱰 —讀若癩。—讀若蓋下去聲。『博雅』——極也。『玉篇』—極困也。『方言注』今江東呼極爲—。倦聲之轉也。與疾病類疲倦條參看。

𣪍 —音亟。做工出力曰—。有做到—之說。『集韵』詰歷切。『正韵』勤苦用力曰—。卽外省言喫力也。

蹩躠 讀若跛斜。(去聲)行步艱蹇曰——。世人笑行動蹣跚者。每曰——。「張衡賦」——蹁躚。

慇懃 委宛懇切之意。待人親密。意極眞摯也。「司馬遷傳」接——之餘歡。通作殷勤。

鄭重 重視其事曰——。『漢書』然非皇天所以——降符命之意。又殷勤之意。『白居易詩』千里故人心——。

潦草 草率謂之潦草。朱子作老草。『訓學齋規』寫字要一筆一畫。嚴正分明。不可老草。

鹵莽 ——讀若猥忙。輕脫苟且曰——。『莊子』耕而——之。則其實亦——而報。

含胡 含胡卽胡塗之意。如說話含胡。做事含胡。『唐書』祿山斷杲卿舌。含胡而絕。『陸贄傳』朝廷每爲含胡。未嘗窮究曲直。

敷衍 辦事不切實曰——了事。『舊唐書』——德音。作流播解。『范仲淹傳』——經義。作敷陳而引伸之解。

杌隉 讀若兀臬○事多棘手諸不安穩曰——○『書』邦之——○謂國家多故而不安也○

邅迍 —音沾○—音屯○將有咨嗟邅屯之語○「說文」—行難也—難也○二字雙聲○『易』屯如邅如○凡人命運不佳○動輒得咎者爲屯邅○疊屯卽屯邅之聲轉○

崎嶇 —讀若輢平聲○—音拘○路不平曰——○『南都賦』下蒙籠而——○處境困難曰——『史記』——國之間○言不易應付也○

離奇 事出意外曰——「漢書」蟠木根柢○輪囷——

蹺敧 讀若囂欺○事情不妥曰事有——○「朱子語錄」聖賢路出平正○却無——如許○或作—蹊○

佁儗 讀若忌膩○有嫌棄之意○「廣韵」—音以○固滯貌○張楫曰○不前也○「正字通」—音異○——固滯貌○人而有所嫌棄○則必固滯不前矣○

撽脫 撽開也○如撽捺之撽○脫離也○做事斬截曰撽脫○「博雅」脫離也○遺也○「韵會」物自解也○

礧 —讀若累○凡不輕便者曰—墜○「說文」—墜○重聚也○通作䨨○「李時珍曰」此物肉翅連尾○飛不能上○至—墜○故謂之—○

磓 —音堆○磊墜也○亦作磊—○某人嘲禿指詩○十指磊—光鹿禿○

恩 —音連○攬擾人曰胡—○拒絕人攬擾曰勿—○「史記」是天以寡人—先生○「陸賈傳」無久—乃公爲也○又—帳○—鬧○俗作混非○

攪 讀若絞○騷擾謂之—搜（音炒）「洞簫賦」攪搜㩐捎○

[illegible]嫪 —音撈上聲○—音敎下去聲○紛亂謂之——○「吳都賦注」——衆相交錯之貌○呂向注○——錯亂貌○「駢雅」——糾亂也○

厲揭　厲上聲。揭音偈去聲。形容艱難之狀曰厲揭。「詩」深則厲。淺則揭。「注」以衣涉水曰厲。褰裳而涉曰揭。二語含有艱阻之意。

拮据　讀若結據。言手困曰手頭拮据。有錢曰手頭鬆動。「詩經」予手拮据「說文」拮手口共有所作也。

奔波　跑路勞苦謂之奔波。「韓愈文」老少奔波。

渺茫　遼闊而不見曰渺茫。

恍惚　見不眞切曰——。心神不定曰——。「老子」道之爲物。惝怳惟惚。

突兀　今人謂突如其來不可捉捉者爲——。「韓愈詩」火燒水轉掃地空。——便高三百尺。

唐突　横加侵陵曰——「段熲傳」羌遂陸梁。——卅部。又古有刻畫無鹽——西子之語。

料理　照料而整理之曰——。「世說」汝若爲選官。當好——此人。「晉書」比當相——。

摩挲　以手撫之曰——。「韓詩」誰復著手更——。

敁敠　讀若顛度。以意揣量物件曰——。心中估量事情亦曰——「類篇」——。以手稱物也。

逗遛　音豆留。句留不前進曰——。「漢書」吏畏懦——當坐者。「後漢書」進鹵料敵不拘以——法。

齮齕　讀若涯齧。買賣相爭價錢。不肯給足曰——。「說文」——齧也。如食者之慢慢齧之。不肯遽吞也。

丮斥 ｜音戟｜音菊。相持不下之勢「說文」｜持也。象手有所執據也。｜。亦持也。

浪宕 浪宕讀若朗蕩。行止無定曰流離浪宕。流離見詩經、流離之子。浪宕見「五燈元會」不平山善道禪師、有浪浪宕宕之語。

生濕 相感不相來往、曰生濕、言不往來則不熟。故曰生濕、生濕卽生疏、又曰生暴。又曰生外。

刮削 估人便宜曰刮削、「說文」刮一曰摩切。「廣韻」刮削、凡物經刮削則損害、故損害人曰刮削。

價勢 價者聲價。勢者勢利。言有聲價而又有勢力也。

末尾 末讀蚊去聲。凡盡尾處。謂之末尾。如口水沫讀爲口水蚊。此其證也。

躧蹋 ｜讀若徙平聲。｜｜讀若撻。｜｜卽踐踏之謂。棄之而復踐踏之。卽毀棄之義也。

趯隲 讀若遭質、將人輕薄曰｜｜「說文」｜｜輕薄也。

掹 ｜讀若行。「說文」引急也。「淮南子」大弦｜則小弦絕。凡弦線繃之至緊謂之｜。

毗 毗讀若牝。「唐韻」毗厚也。毗爲毗益。故厚也。本音琵。琵牝一聲之轉。

狼戾 上讀郎上平聲。下讀黎上上聲。橫惡之意。「嚴助傳」閩越王狼戾不仁。

刁蠻 讀若刁蚊。小兒刁狡野蠻。故曰刁蠻。

廣東方言卷十一

釋疊字

長斁斁。又曰悠悠短䂅䂅。矮𪘒𪘒。𪘒通又曰麽麽疏𥢆𥢆。密㪷㪷。圓隋隋。又曰𩍐𩍐扁匾匾。硬㻕㻕。又曰碚碚軟𤺥𤺥。空寥寥。緊繃繃。鬆𢥳𢥳。見𣉏𩔖慢悠悠。光睒睒。又曰顛顛黑麻麻。膠𥾬𥾬。新簇簇。重屭屭。薄𠎝𠎝。脹𤻞𤻞。飽𨉼𨉼。乾涸涸。甜𠹌𠹌。慌瑟瑟。惱哼哼。白茫茫。水汪汪。花斑斑。生勾勾。爛融融。靜瀟瀟。清沏沏。闇油油。嘴刁刁。口花花。毛鬠鬠。氣噓噓。眼眅眅。瘦𧊅𧊅。肥蛆蛆。實的的。浮瀾瀾。跛跛蹬。聾𦗘𦗘。轉𢤦𢤦。震𩛩𩛩通業業。杠棹棹。𢤱見動作上隋隋。擡見動作下趯趯跳。

斁 —音鳥平聲。物之長者曰長——「廣韵」—力小切。音—。上聲「玉篇」—小長貌。平上一音之轉。又歲月悠悠長。悠讀若梟平聲。

䂅 —讀若斜去聲。凡物短者曰短——。「博雅」—短小貌。

𪘒 —讀若𪘒上聲。矮而肥者曰—滿。重言之曰———滿滿。（滿讀若吻）「五音集韵」音𣪍。吳人呼短物也。又讀𪘒入聲。矮——者。重言之也。𪘒𪘒見地理類。

𥢆 —讀若鈴。凡疏者曰疏——。「說文」—音歷。稀疏適也。入聲轉平聲。

㪷 —讀若質。——言其密也。「說文」—盛也。音蟄。汝南名蠶盛曰—。蠶盛則密。故以——形容之。

隋 匾 弸 硈 癟 寥 繃 悠 睒 麻 黐 簇

|陀讀若拖○形圓者曰圓陀陀○按圓陀陀一語○見傳燈錄○通作隋○「釋文」隋徒禾反○「集韻」隋○圓而長也○又轆者車轆○其形圓如車轆也○

|音池○物之扁者曰扁||○「唐韵」音梯「玉篇」扁|薄也○「方言」物之薄者曰扁|○粵亦有薄||之說○讀若千入聲○

|音朌○物之硬者曰硬||○「說文」|弓強貌○父耕切○某人詩云○更有一般堪笑處○衣裳漿得硬||○

|讀若戟○凡硬曰硬||○「說文」|石堅也○「爾雅」|鞏也○注云○|然堅固○

|讀若便入聲○凡物軟者必|○故曰軟||○「廣韻」蒲結切○音撇○枯病也○

寥讀上平聲○「說文」空虛也○「楚詞」上寥廓而無天○

|讀若蜢平聲○凡緊曰緊||「說文」|束也○束之則緊○故曰||

悠悠○遠也長也○「詩」驅馬悠悠○又悠悠南行○俱慢緩之意○通作攸○

|音閃○狀物之發光曰||○「元包經」電烜烜其光|也○「韓愈詩」太白||○顯○見衣服類○

麻色帶黑○故黑曰麻麻○目不光明曰麻嚓○

讀若痴○「廣韵」黏也○膠所以黏鳥○故曰膠||○本作埴○「說文」埴黏土也○痴者直之聲轉○

簇讀若宿○衣服之新者曰新簇簇○「禮」律中泰簇○言萬物簇生○故曰簇簇生新○「廣韵」簇音族○族叔音相類○

廩俴墻庚凅嘾瑟哼茫汪班勾

—讀若窗去聲。又讀入聲。音溺。狀物之重量曰重——。「廣韻」音頂。「博雅」重也。頂當音之一轉。

—讀若淺入聲。本音踐。今讀入聲。一聲之轉。凡薄者謂之薄——。「詩」——駟孔羣。「注」駟馬皆以淺薄之金爲甲。欲馬易旋習也。—有淺薄義之証。

—音捧平聲。凡物脹者曰——。「字彙」—普蒙切。虛脹也。

凡物滿載充實。謂之逼庚。實而又實。謂之庚庚。「說文」庚位西方。象秋時萬物庚庚有實也。粵語本此。又飽亦曰庚庚。

凅。讀若傾入聲。凅竭也。「禮記」孟冬之月水始凅。

——。讀若稔平聲。凡物之甜者曰甜——。「廣韻」長味也。「集韻」甘也。

瑟者嚴密之貌。恐懼之形似之。風吹葉動曰瑟。心之動搖似之。故曰慌瑟瑟。

凡人怒時。輒作哼哼之聲。

「韻會」茫茫。廣大貌。渺渺茫茫。無處尋也。

「說文」汪。深廣也。「漢書」黃叔度汪汪若千頃波。俗語言水汪汪者。謂作事浮泛。不切實也。

「廣韻」斑。駁文也。「韻會」雜色曰斑。「檀弓」貍首之斑然。

「說文」勾曲也。「禮月令」勾者畢出。言草木之芽生也。故生曰勾勾。亦作區。「禮樂記」區萌達。注云。屈生曰區。又勾芒春神。亦主生氣。

融　蕭　清　油　刁　花　鬙　噓　眅　蜢　蛆　的

「說文」融。炊氣上出也。徐曰。鎔也。氣上融散也。物爛者有融散鎔化二義。

蕭條寂寥貌。「九辯」蕭瑟兮草木搖落而變衰。「唐詩」無邊落木蕭蕭下。蕭蕭冷靜之意。

「說文」清朗也。澂水之貌。又靜也。澄也。潔也。故冷曰清清。孤潔亦曰清清。

油油和謹貌。「禮」三爵而油油以進。閒暇之意。即在其中。

刁刁搖動貌。「莊子」而獨不見之調調之刁刁乎。人之口動而不能靜。故曰刁刁。且有刁惡刁狡之義。

花開燦爛。故世界有花花之說。人口之燦爛。如花之開。故曰口花花。

丨讀若僧下去聲。「類篇」丨髮亂也。故毛髮之不整者曰毛丨丨。

噓讀若靴下去聲。「說文」噓吹也。「聲類」出氣。急曰吹。緩曰噓。「正韵」蹙脣吐氣曰吹。虛口出氣曰噓。

丨音坦。「說文」多白眼也。「六書故」反目貌。凡眼上視見白不見黑睛曰丨眼。

物之至瘦者莫如蜢。故以蜢形容之。諺有一隻蜢咁瘦。

物之至肥者莫如蛆。故以蛆形容其肥。曰肥蛆蛆。又曰肥腯腯。腯讀若「壑入聲」又下平聲。

「增韵」的實也。「魏志」各國遣其子來朝。崔林恐或非眞的。「歐陽修傳」的的有表證。的的實也

濶 躦 礱 嶫 惙 躅

濶 —音林去聲。「廣韻」他紺切。水浮貌。水浮曰—。入浮亦謂之—。

躦 —讀若贊去聲。跳也。見動作類下。跛剌。魚躍也。故形容跳之狀曰跛跛—。

礱 「說文」礱磨也。「玉篇」磨穀爲礱。凡推磨礱者必團團轉。故曰礱礱轉。

嶫 —讀若岩入聲。動而欲傾曰—。「楊雄校獵賦」天動地—。「集韻」動也。通作岌。「離騷」高余冠之岌岌兮。「集韻」危也。

惙 惙讀若治。「說文」惙憂也。「詩」憂心惙惙。「集韻」惙短氣貌。氣怯故震也。

躅 —讀若獨。「類篇」跳也。又狀跳之聲貌曰躅—。

廣東方言卷拾（二）

釋名稱 上

父曰爸。曰爺。曰爹。母曰媽。曰娘。曰毑。曰嬭。庶母曰細姐。祖父曰公。曰爺。祖母曰婆。曰嫲。外祖父母曰公㛪婆㛪。翁姑曰家公家婆。媳曰心抱。妻曰大婆。妾曰姐婆。通嬰官。妾曰姨太。兄弟之妻曰嬸姆。兄曰大佬。弟曰細佬。曾孫曰塞。尾子曰攞。婢曰侮仔。外父母曰岳父岳母。姻家曰親家。少女曰旒髮妹。母之兄嫂曰舅父妗母。姊妹之子曰外甥。女婿曰郎家。姊妹之夫相稱曰襟兄弟。嬰兒曰膆瘕。小童曰嫩仔。竊匪曰墨屎。挑夫曰騾夫。廚子曰火頭。驗屍人役曰仵作。請鬼曰問覡。把舵曰艄工。業賭曰撈家。業娼曰龜頭。乞兒曰花子。木匠曰師傅。工商業曰行頭。長隨曰跟班。少主曰官仔。又曰相公。雜種曰野仔。混號曰花名。游手曰無賴。通夷語曰繙譯。人品不齊曰九流三教。婦女不正曰三姑六婆。手下曰僂儸。職役曰脚色。介紹曰中人。人道不通曰石女。

人死為鬼。鬼死為聻。鬼曰魈。曰魑魅。山神曰煞。牀神曰牀婆。土神曰地主。在門曰門神。路邊小鬼曰由。紫姑曰屎坑姑。以石為神曰石敢當。

爸

音巴。「玉篇」爸父也。「正字通」夷語稱老者爲八八。或巴巴。後人因加父作爸。「集韵」吳人呼父曰爸。亦有稱爺者。爺讀上平聲。古作耶。父母曰爺娘。今曰爺㜷。

爹

「廣韵」爹父也。「南史」歌曰。始興王。人之爹。赴人急。如水火。何時復來哺乳我。荆土方言呼父爲爹。讀若妥。「避暑漫抄」上謂憲聖曰。如何比得爹爹富貴。

媽

俗人呼母曰媽。「平聲」又曰老媽子。「博雅」媽母也。又曰娘。通作孃。「古樂府」不聞爺娘喚女聲。亦有使其子女呼父曰叔。母曰嬸者。乃迷信星命之說。故推而遠之。

姐

「集韵」姐音者。古作毑。「博雅」毑音䂍上聲。母也。「說文」蜀人呼母曰姐。廣州人呼庶母曰細姐。

嬭

音乃。乳也。亦讀乃上平聲。今作奶。俗人呼母曰奶。「博雅」嬭母也。楚人呼母曰嬭。粵人呼母曰嬭娘。亦曰嬭媽。「平聲」

祖

肇屬稱祖父曰公。祖母曰婆。廣州稱祖父曰爺。祖母曰媽。「音罵」肇屬稱外祖父母曰公低婆低。廣州稱外祖父曰公。外祖母曰婆。

姼 翁媳 妻妾 嬸姆 佬 孫 孻 侮 岳 襯 髧 舅甥

｜音低。「揚子方言」南楚謂父考曰父｜。母妣曰母｜。肇屬稱外祖父母曰公｜婆｜。亦有所本

新婦稱夫父曰老爺。通謂之家公。亦曰大人公。稱家姑曰安人。通謂之家婆。亦曰大人婆。翁
姑呼子媳曰心抱。心抱卽新婦之聲轉。

俗稱夫曰老公。妻曰老婆。夫妻曰兩公婆。妻曰大婆。妾曰姐婆。又妻曰少奶。妾曰二奶。又
曰二娘。官妾曰姨太。章太炎曰。姨本作姨。「音怡」衆妾之總稱。

兄婦呼弟妻為嬸。弟妻呼兄婦為姆。「見呂祖謙紫薇雜記。」

通稱男子曰佬。稱人之兄曰大佬。弟曰細佬。外省人曰外江佬。西樵人自稱其兄曰大兄二兄。
廣州肇屬稱哥。稱父之兄曰伯父。父之弟曰叔父。伯與叔稱其兄弟之子曰姪。

已所生曰子。讀若仔。子有仔音。如子細卽仔細。是其證也。子之子曰孫。曾孫曰塞。塞卽息
之音轉。元孫曰黴。「音嘐」見廣東新語。

｜音拉。尾子也。「蔌園雜記」廣東謂老人所生幼子曰孻。行路隨尾曰尾孻。尾子又謂之屘。見
廣東新語。

俗稱奴婢為妹。字本作侮。「方言」臧甬侮獲。奴婢賤稱也。秦晉之間。罵奴婢曰侮。今訛為妹

古稱妻父曰外舅。今稱丈人。見「唐書」韋執誼稱杜黃裳語。俗以泰山有丈人峰。故稱岳丈。妻
母曰岳母。或以為岳父母卽外父母之訛。

男女姻家稱親家翁。見隋書李渾傳。及唐書蕭瑀傳。惟親字平仄兩讀。廣州呼迎親執役者曰親
家郎。親讀作趁音。「盧綸詩」人主人臣是親家。讀去聲。

｜讀若陰。「廣韵」髮垂也。「詩」｜彼若髦。旒讀若摟。言其垂之如旒也。女之老者稱婆髧。少
者稱妹。

「爾雅」母之昆弟為舅。所謂母舅也。廣州謂之舅父。而妻之兄弟亦稱舅。兄曰大舅。弟曰舅仔
。姊妹之子曰甥。「爾雅」謂我舅者吾謂之甥。舅父之妻曰妗母。

郎 襟 孲 嫩 杘 夫 夥 仵 覡 艄 撈 龜

稱女婿曰郎。始於隋。勝王謂周以貴公子。又尙公主。時號曰三郎。西江一帶。稱女婿爲郎家。卻有所本。

「馬永卿懶眞子」江北人呼同門婿爲連袂。又呼連襟。今俗呼妻之姊夫妹夫曰襟兄弟。

―讀若蝦。「集韵」赤子也。「方言」吳人謂赤子曰孲―。以其氣味頗臊。故曰臊―。通作酥。以酥酪有乳味也。

「廣韵」嫩弱也。人少爲弱。「孟子」老弱轉乎溝壑。古稱老弱。今稱老嫩。

―音七。「方言」小兒多詐而獪。謂之墨―。江淮謂之無賴。

苦力工人曰夫。肩挑曰挑夫。抬轎曰轎夫。拉車曰車夫。牽馬曰馬夫。肇慶人呼挑夫曰騾夫。

「南史何承天傳」東方曼倩發憤於侏儒。遂與火頭倉子。稟賜不同。又同居曰同火。店伴曰火伴。見木蘭詞。亦曰火計。通作夥計。

在官人役有仵作。所以驗人死傷。據以定犯人情罪之輕重者也。

覡音米。「說文」能齋肅事神明者。男曰覡。女曰巫。今謂女巫曰覡。謁巫請神曰問覡。

―音梢。「集韵」船尾也。舵在船尾。故把舵者曰―工。李光弼引諺云―工多舟必敗

廣州人言業賭者曰撈賂。或曰撈攤。又曰撈世界。撈者謂從水中撈蝦。得失未可知之詞也。

養妓女賣淫者帶綠頭巾。此例元明已有。龜頭青故以爲比。名曰龜公。文而言之曰元緒公。

廣東俗語考

師傅 凡學手作。俱稱學師。稱教者曰師傅。「周禮」甸師之屬。干寶注曰。言司者總其領。言師者訓其徒。今人稱泥水木匠剃頭者。皆曰師傅。

行官 宋立市易務。召京師諸行戶。令自實所有。工商業行頭。自宋已有。
「梁書」武陵王閒湘東王繹將討侯景。謂僚佐曰。七官文士。豈能匡濟。後世以行相呼。曰幾官。自此始。

相公 李存勗投奔李彥超。軍士欲殺之。彥超曰。六相公來。當奏取進止。今人稱少主曰相公。始此。俗又簡稱幾相。

雜種 種族遺傳。父氣雜者曰雜種。「漢書西羌傳」濵峇等招集諸雜種。不同種謂之雜種。雜種謂之野仔。

花名 —者化也。非真姓名。故曰化名也。「呂氏春秋」夏桀號移大犧。謂其能推倒牛。古人混號始此。

無賴 「史記漢高紀」始大人以臣為無賴。言無所倚賴。無賴二字始此。

譯 讀若亦。取中國之語言文字。譯成乙國之詞。「莊子」孔子繙十二經以說老聃。「家語」重譯而至者十六國。譯之又譯曰重譯。越裳氏重九譯而朝是也。

九流三教 劉歆敘諸子分為九流。曰儒家。道家。陰陽家。法家。名家。墨家。縱橫家。雜家。農家。北朝周高祖定三教先後。以儒為先。道次之。釋為後。

三姑六婆 三姑者。尼姑。道姑。卦姑也。六婆者。牙婆。媒婆。師婆。虔婆。藥婆。穩婆也。

僂儸 讀若樓羅。手下士卒之稱。「五代史劉銖傳」諸君可謂——兒。通作婁羅。言其幹辦能事也。

脚色 「朝野類要」初入仕。必具鄉貫三代名銜。謂之脚色。

中人 介紹人曰中人○又曰經紀○「曹植樂府」龍欲升天須浮雲○人欲仕進待中人○

石女 石者如石田不能耕也○「本草綱目」五不女○螺紋鼓角脉也○女子牝內有物如螺曰螺○紋者竅小○鼓者無竅○如鼓形○即石女○角者有物如角○即陰挺也○脉者經不調及崩帶之類○

聻 —讀若積○「五音集韻」人死作鬼○人見懼之○鬼死作—○鬼見怕之○「酉陽雜俎」書—字可以消瘧癘○漢舊史作滄耳○通典作漸耳○

鬾 —讀若基○「說文」鬼俗也○淮南傳曰○吳人鬼○越人—○「類篇」南方之鬼曰—○今人稱鬼曰—本此○

䰧 —讀若烏上聲○俗嚇小兒○輒曰號—○號虎聲○—鬼聲也○「說文」—鬼貌○今小兒作鬼臉嚇人○呼曰號—○本此

煞 —通作殺○「吹劍錄」李才百忌曆有喪煞損害法○人死四十九日回煞○須避之○諺有凶神惡煞之說

婆 牀頭公○牀頭婆○牀神也○「楊循吉詩」「買餳迎灶帝○酌水祀牀公○「同話錄」崔大雅在翰林夜直○降旨令撰祭牀婆子文○則此風古矣○

土神 地主神銜○曰五方五土龍神○「齊民要術」「祝麴文」曰○東方青帝土神○南方赤帝土神○西方白帝土神○北方黑帝土神○中央黃帝土神○

門神 「禮祭法」大夫三祀○門行族厲○喪大祭注○君釋菜○以禮禮門神○今人所畫門神○爲將軍朝官式○左曰門丞○右曰戶尉○或曰○神荼鬱壘○守門之神○見山海經○

甶 —音佛○「說文」鬼頭也○俗謂路邊小鬼曰路邊—○怪飲怪食○動輒犯人○

紫姑 紫姑姓何名媚字麗娘○李景之妾○不容於嫡○以正月十五日死○世人於夜間廁所及豬欄邊迎之○謂之坑三姑○見異苑○

石敢當 石敢當之名○始見於急就章○「墨莊漫錄」石敢當○鎮百鬼○厭災殃○官吏福○百姓康○

廣東方言卷拾三

釋名稱下

雙曰孖。曰對。曰倍。多數曰重。曰沓。合數物而成曰副。曰套。以件言之。曰塊。曰丕。曰个。曰隻。以手持者。曰揸。通擸楂 曰撮。音軋見前 曰把。曰札。曰包。曰揷。以次數言。曰檔。曰栬。曰出。曰匀。曰下。曰番。物之小者曰粒。大者曰堆。薄者曰片。竹木之屬。曰橛。曰轆。曰枝。曰條。曰根。書畫之屬。曰卷。曰部。曰篇。曰頁。通葉 曰首。曰板。曰行。曰幅。田地之屬。曰頃。曰畝。曰井。曰埼。曰稜。曰畹。見前 屋宇之屬。曰座。曰間。曰進。曰便。曰層。曰衖。樹木之屬。曰林。曰株。或作[illegible] 曰椏。曰朶。檯几刀劍曰張。牀被曰鋪。鏡鑼曰面。帳網曰幢。通[illegible] 三枝曰炷。藥一服曰劑。兩絡曰揔。一串曰掞。轎一頂曰乘。車一輛曰駕。几一行曰迾。通列 泥一墊曰坺。通撥 棋局曰盤。鐘數曰點。琴曰一架。簫曰一管。燈曰一盞。釘曰一口。鑿曰一眼。籃曰一格。袖曰一筒。信曰一封。墨曰一挻。橋曰一道。階曰一級。布曰匹。曰摑。線曰子。曰綹。果曰一笪。貨曰一單。簽曰一柄。肉曰一段。烟曰一朕。風曰一場。飲食曰一啖。人曰一位。一夥。一隊。一幫。同行曰一齊。

孖 重 沓 套 副 卩 隻 把札包捧 檔 棲 出 下 粒 堆 橛 轆 卷部篇首

孖讀若媽平聲。雙也。「廣韻」音茲。「玉篇」雙生子也。故凡雙謂之孖。如孖公仔。一孖油炸鬼。又曰對。如鞋襪之類。皆以對稱。其數目相比者曰倍。有雙倍。有三倍四倍。

沓者重沓之謂。「說文」語多沓沓若水之流也。粵語亦一沓沓。重重沓沓之說。又有過幾重手腳。好大沓祖筆之說。

套音吐。「凡衫褲謂之一套。又讀若脫。音之一轉。「集韻」凡物重沓者爲套。故書有數卷。亦謂之一套。牙籤衫鈕謂之一副。衫曰一件。

丨音隋。物一件爲一丨。「說文」丨。節也。則候切。節本作卩。瑞信也。與丨字相峙。合之爲節。分之各執其一以爲信。皮肉曰一塊。凡物如柑橙之類曰一個。禽獸之類曰一隻。

柴曰一把。遮扇之類亦曰把。一束曰一扎。以布包之曰一包。雙手掬之曰一捧。

檔讀若湯去聲。一次過爲一檔。「類篇」橫木框檔。所以庪物者。凡數格。故有頭檔二檔之分。

丨音炮。貨物作一次交謂之一丨交。「篇海」防教切「晃韻疑」俗以四十斤爲一丨。「通俗編」銀十兩爲一丨。又行過一次。曰行過一匀。

凡演戲。一回爲解出。三回爲三出頭。「世說」林人道云。今日與謝孝廉劇談一出來。「傳燈錄」藥山問雲巖。聞汝一弄獅子。弄得幾出。曰弄得六出。今俗作齣。字書無齣字。當以出字爲正。

下音蝦上聲。凡打一棍曰一下。有打幾下之說「呂氏春秋」代君酒酣。反斗而擊之一成。注「高誘注」一成一下也。漢已有此語。又一番工夫。一番手續。一番亦一次也。

粒如粒米。故沙亦曰一粒。堆如泥堆。故物多曰一堆。人多曰成堆。片如切片。故薑曰一片。

橛讀若拳入聲。一木分之爲兩橛也。「說文」橛杙也。「列子力命篇」若橛株駒。「注」斷木也。轆如車轆。凡圓者曰轆。故棍曰一轆。筆曰一枝。褲曰一條。毛曰一根。

書一本曰一卷。亦曰一部。文章曰一篇。詩曰一首。

頁幅頃井進層林椏張鋪面幢炷劑絡掕

書一篇曰一頁○半頁曰一板○字一柱曰一行○畫一張曰一幅○

田百畝爲一頃○六十井爲一畝○丁方一丈爲一井○

屋一脊曰曰一進○一間曰一便○樓曰幾層○瓦曰幾桁○

林讀去聲○樹叢生爲林「說文」平土有叢木曰林○徐曰○叢木故從二木○平土故二木齊○株讀若朗平聲○一根謂之一株○椏者橫枝○一枝謂之一椏○花瓣謂之一朶○

凡櫈几以張計○牀帳被褥亦以張計○「左昭十三年」子産以幄幕九張行○「說文」張○施弓弦也○凡物可以張設者○故曰張○

鋪讀平聲○陳也○布也○「小雅箋」乃鋪席與羣臣安燕以樂之○故有牀鋪被鋪之說○

鏡以面稱鑼○鼓亦以面稱○緣鏡與鑼鼓○皆有面有背○鏡所照者正面○故以面稱○

幢音堂○本作青「說文」幬帳之屬○「揚子方言○」幬幢翳也○「釋名」幢童也○其貌童童然也○帳所以翳○張之童童然○故以幢稱○

三枝香爲一炷「說文」本作主○燈中火主也○「玉篇」燈炷也○「正韵」火炷燼所著者○

藥一服爲一劑○讀若濟平聲○「唐書」武爲救世砭劑○故藥名藥劑○

絡音落○柴兩絡爲一擔○「楚詞」鄭綿絡些○「注」綿縛也○今之柴絡用竹○綿絡用綠○

｜○里懺切○以繩相牽繫也○亦謂之成｜○「說文」｜止馬也○即以繩牽繫之意○或作　○鎖匙曰成｜○珠曰一串○凡物穿之曰串○一串亦曰一｜○

乘駕 迾 坺 盤 點 架 管 盞 眼 口 格 筒 封

轎有頂。猶帽有頂。故稱一頂也。轎曰肩輿。以輿稱故謂之乘。猶乘輿之義也。凡車必有馬駕之。故曰車駕。人力車以人拉之。故謂之駕。

｜讀若辣。一檔謂之一｜「廣韵」音列。遮也。遏也。「後漢」遮｜出入。通作列。「廣韵」行次也。位序也。

｜讀若攀下入聲。泥一墢爲一｜。「說文」｜治也。｜曰臿土謂之一。『周禮』土耕一｜。亦作墢。

盤「說文」承槃也。棋局形方類盤。故以盤稱之。

鐘每打一下爲一點。一點爲一小時。

琴有架以盛之。故曰一架。天平鞦韆亦曰一架。

管如篪六孔。謂之簫管。故曰一管。筆亦曰一管。

凡燈以盞載油而燃之。謂之燈盞。

釘尖利在咀。故曰一口。針之利亦在咀。故針亦曰一口。鑿所穿成眼。故鑿曰一眼。

籃者數格。以載食物。謂之食格籃。故曰一格。

籾形如竹筒。故曰一筒。

凡書信必封其口。故信曰一封。

搨 道 級 匹 摑 結子 笠 單 段 朕 場 啖

｜音箚。被墨染黑爲一｜墨。通作搭「盧仝月蝕詩」當天一｜如煤。｜碑不清楚。曰一｜糊塗。婦女以手涂脂粉曰｜。以灰沙打地及墻曰｜。以藥酒拍手足患處。亦曰｜。因狀類｜碑也。

橋即道路。故曰一道。

「說文」級。絲次第也。有次第卽有等級。「曲禮」拾級聚足。言上階級也。

布一束爲一匹。匹。四丈也「正譌」四丈則八端。故從八從匸。象束帛形。「前漢」布帛廣二尺二寸爲幅。長四丈爲匹

｜音滾。縛之爲｜。「說文」｜縛束也。又滿也。「齊語」｜載而歸。今稱布曰一｜布。

凡絲線之一結。謂之一子。以形如子字也。又謂之一結。歸束曰結。一結猶一束也。

凡物以笠載者謂之一笠。以桶載者謂之一桶。因其器而名之也。

凡買貨必有單。故貨曰一單。

段。分段也。布帛依一定之尺寸分截之曰段。又分計物之部位曰段。如段落。地段之類。猪肉切之亦爲一段。

一朕者烟之形狀。「莊子注」朕兆也「淮南子」欲與物接而未成兆朕。烟無形質只有影子。謂之朕。

場者一次也。打風颶曰一場。言一次也。又如一場彩數。一場歡喜一場空。皆一次之謂。

飲之食之曰啖。故有食啖飯飲啖茶之說。

位班隊幫齊

位者座位。人稱一位。尊之也。菩薩亦稱一位。

班同輩也。學生有分班教授。故曰班。

隊者軍隊 一隊者言如軍營之出隊也。

幫者同黨也 同黨曰同[illegible]意曰幫。非公家生意曰私幫。

齊與人共同爲一齊。如一齊行。一齊食。「莊子」萬物一齊。孰長孰短。

廣東方言卷十四

釋器具上

物乾曰𦼮。凹曰埋。少損曰㗇。通𥿄崩缺曰齾。鋒利曰鑯。通尖鍩頭秃曰𨪕。通𨪕殘餘曰節。

尾底曰𨃩。通屈小隙曰罅。小孔曰窿。截之曰㦸。曰𩠌。裝覆之曰罯。曰盦。在處曰匚。處收

拾曰擠埋。精美曰僄致。曰靚。不精曰粗疏。曰朴。明淨曰光鮮。不正曰敧側。刷之曰

𦸣。直之曰𢇇。通絣剌足曰𨫼。鑲玉曰瓖。輪郭曰圇。金幣曰鎊。金鋌曰鏷。錘之如紙曰

鉑。融金入銅曰鍍。鎔錫封罐曰釬。鐵生衣曰鏽。通銹紙錢曰鈔。銀塊曰錠。筆鞱曰鞘。

鞱筆曰揩筆。田券曰契。質券曰當票。打印曰蓋戳。裱畫曰裝潢。首鎧曰盔。火鎗曰

銃。長矛曰鈚。木棍曰棒。通棓鍛鐵曰鎚。通椎以繩繫石而舞曰飛砣。通碡鈍刀切物曰鑢。

以瓦石磨刀曰鈔。以鎗殺人曰打靶。以竹筒作鼓曰梆。以皮繃鼓曰鼙。樂器曰絃

索。吹打曰八音。大鐃曰鈸。拍板曰測板。粵謳曰南音。龍舟歌曰木魚。更鑼曰鈔鑼。

𨦵田器曰犂。曰鋤。通鉏曰鏊。曰鏟。通劃剗刈鉤曰鐮。通鎌兩頭鏡曰禾槍。有齒曰耙。無齒

曰杴。石磑曰磨。通礱舂米曰碓。坎截米曰蕉。通篩去米碎曰簁。通篩以桶打禾曰摑桶。

結繭曰上簿。牛鼻環曰桊。通棬豬屎鉗曰鑷。魚網曰罾。曰罨。魚罕曰蝦笱。鈎有到

鉤曰到鬚鉤。椅（通几）背曰凭。長凳曰桃凳。挹酒曰杓。（通勺）留飯曰盤。澤髮曰篦。理髮曰梳筅。（通筧）煮飯之具曰鑊。曰鬴。（通鍋）曰鐺。煮、粥之具曰無。（俗作煲）蒸酒曰甑。陶器精者曰瓷。油以滑之曰盪釉。濃厚曰泐。漬起曰暴。（通驟）燒成裂紋曰辟裂。燒瓶之竈曰窯。（通窰）盌（椀盌通碗）之屬。曰缽。（通盋）曰甌。曰疊。（俗作楪碟）曰籚。大盌曰海盌。杯之屬曰鍾。曰爵。杯載酒之器。曰壺。曰瓶。（通甁）曰壜。（通罈）曰尊。（通樽鐏）曰程。（俗作埕）載水曰缸。曰甕。（通甕）曰甖。載醬曰鈘。（俗作）塔曰甖。（通罌）載箸曰筲。（通筩）曰籥。載飯曰盂。（通杅）匕柶曰匙。羹。切肉曰砧。（榩碪通砧）曰板。鑊覆曰蓋。有蓋之盅曰盬盅。火棒曰火鉗。盛飯具曰托棹。（通槃）飼畜器曰篼。瓦碎曰瓦盎。

鯗埋㱟齾頌䐁

—讀若爽。乾也。「廣韻」「集韻」並音想。乾魚腊也。—乃魚乾。引伸凡物之乾者謂之—。

—讀若拈入聲。凹也。凡物跌生凹者謂之—。「集韻」音揑。下也。

—音披。物已少損曰—口。「揚子方言」南楚之間。器破未離謂之—。通作紕「廣韻」「緒欲壞也」。

—讀若硬入聲。物崩缺爲—。「說文」—缺齒也。「廣韻」五割。器缺也。字從齒。義訓齒缺。引伸爲一切器物之缺。

—音掘。「說文」禿也。頭禿曰—頭。如—頭巷。—頭掃把之類。筆禿亦謂之—。

—讀若渣上聲。凡物殘餘謂之苴。如鹹魚苴之類。「莊子」其土苴以治天下。

—音篤。臀也。底也。通作𡱂。如屋尾曰屋—。籮底曰籮—。鏤底曰鏤—。「廣韻」—尾下竅也

廣東俗語考

罅 銎 裝 罯 盦 匸 擠 僄靚坏朴鮮敧 幽 [illegible]

罅讀若拿上去聲。凡物裂開爲罅。「說文」罅裂也。缸燒善裂也。「廣韵」孔罅。「史記」然而不能傳合疏罅。

｜音碌平聲。孔口穿處爲｜。擠罅曰擠｜。錢眼曰錢｜。『說文』｜斤釜穿也。『太公六韜』大柯斧｜長八寸。

裝音妝。載也。「玉篇」裹也。「陸賈傳」佗賜賈橐中裝直千金。按橐中裝者。即以橐裝載之謂。

｜讀若衾上聲。烏感切『說文』覆也。如｜氈｜被。｜｜斗 皆此字也。

｜讀若吸。凡物以蓋覆之謂之｜。「說文」｜覆蓋也。烏合切。

｜讀若奚上上聲、凡物在處曰[illegible]、不知其所在。曰唔｜處。「說文」｜邪徯有所挾藏也。從乚上有一覆之。胡禮切。蓋｜爲藏物之處。故物所在曰｜處。問物之所在曰｜邊處。

｜讀若仔平聲。推而進之曰擠。物多不能容。故推之使進。有擠得落擠唔落之說。引伸凡物之放置皆謂之擠。

｜讀若標、人材出衆曰｜致、「說文」[illegible]也。「玉篇」｜佼也。身輕便也。

靚讀若領上去聲。美好曰[illegible]「上林賦」[illegible]妝刻飾 人美曰靚、物美亦曰靚。

坏讀若培上平聲 陶瓦未燒者曰坏 未燒之瓦。必粗而不精 故以爲比 凡不精之物曰粗坏。

｜讀若[illegible] 凡器 僅得其模者曰｜ 「戰國策」鄭人謂玉未理者[illegible]。周人謂[illegible]未腊者｜。

生魚曰鮮 謂之新鮮 鮮者必光[illegible]、故曰[illegible] 又曰光鮮

｜讀若挨上聲。｜[illegible]一便。謂之[illegible]側 「家語」周廟有｜器 滿則覆。中則正。虛則｜。

｜讀若[illegible]平聲、將繩牽直 爲｜直。『集韵』｜悲萌切。繩以直物也。通作絣『廣韵』｜。振繩墨也

｜讀若卒。以手磨刷之也。「說文」｜刷也。

鑱 璏 匳 鑅鎊 鉑 鍍釬 鏽 鈔錠 錔 揩 契票 戳潢

｜讀若毚上聲、脚爲利器所刺曰｜。如｜著刺、｜著玻璃之類。「說文」銳器也。「玉篇」刺也。

｜音咀、凡以玉石骨角鐘器物之鼻曰｜、『說文』｜、劍鼻玉飾也、讀若滯、引伸凡玉飾作佩者俱曰｜。如扇｜、鏢｜之類、

｜讀若梗入聲、亦讀平聲。凡物之邊曰｜、僅得个｜曰空｜、「廣韵」匡也、通作匡、匡者物之輪郭也。眼之輪郭曰眼眶。亦從匡取義。一作框。

｜、英幣之名稱。英國金幣、以鎊爲單位。每鎊合中國銀六兩六錢至八兩八錢。

音榮 每金一鋌謂之一｜。『集韵』｜、鋌也。

鉑音薄 金片之薄如紙、用以鑲作雕飾者曰金鉑、『正字通』金鉑、薄金也。藥紙隔金屑鎚之、金已薄、紙不損 通作薄。

鍍音道 以金鉑於銅質之物、加熱使之融合。曰鍍金、有用電鍍者、凡金銀銅鎳之類。皆可鍍

釬音汗、用藥鎔錫以封固鐵罅曰釬口、『廣韵』釬金銀器令相著、『集韵』固金銀藥曰釬。

｜讀秀若、鐵器變色。外生屑衣、曰生銹、「集韵」鐵生衣也。

鈔讀若筲去聲。溪錢曰鈔、船上撒溪錢曰放鈔。宋紹間、金人以銅少、循宋交子法造鈔。

錠音定。金之一塊爲一錠、其重或五兩十兩 輕重不等。元以前作。

｜音搭、所以冒筆者、有銅筆｜、「說文」以金有所冒也、「玉篇」器物｜頭也

｜音搭。「說文」縫指｜也、一曰韋韜。段注謂以緘紩之人。恐緘之絜其指、用韋爲籠。韜於指以藉之。凡用籠加入者謂之｜。

契約也。「易」後世聖人易之以書契。「曲禮」執右契。注云、兩書一契、同而別之。卽今之合同

票讀若飄去聲。證劵曰票、如鈔票滙票。故以物作質。而書回證劵曰當票。

｜讀若創入聲。圖記曰｜。蓋印謂之蓋｜。科舉時。必先謄正起講。考官以章蓋之。謂之蓋｜

裱音表。凡修理書畫用紙糊而託之曰裱。有表而出之之義。裝裱字畫。謂之裝潢。

盔銃鉳棒鎚砣刨鑢靶梆鞔音鈸板畣鈔犂鉏

盔音規。鐵帽也。今竊匪偷帽。謂之射盔。

銃讀若寵去聲。鳥鎗曰銃。燒鎗曰燒銃。神炮曰神銃。打敗而燒銃曰敗陣銃。

—音挑。以竹加刃曰—。「廣韻」長矛也。「呂氏春秋」長—利兵。

棒讀若彭上聲。棍也。諺云棒頭出好兒。「說文」梲也。「魏書」人馬逼戰。刀不如棒。

—音椎。「抱朴子」以鐵鍛其數千下。通作椎。「戰國策」君王后引椎椎破之。又作槌。

—音陀。以繩繫鐵或石而舞曰飛—。「集韵」飛—戲也。

—讀若塞入聲。「唐韻」磨刀也。「說文」一曰刀不利於瓦石上—之。

—讀若慮上去聲。利刀割物曰切。鈍刀切之不斷曰—。「說文」—錯銅鐵也。「詩倘可磨也注」倘可磨—而平。

—音把。射之的也。如箭—。槍—。以槍殺人。猶以人爲—也。

—音邦。敲—以作鼓也。「正字通」以竹作筒。兩頭留節。旁穿小孔。擊之有聲。似古之用柝。

—讀若拐。一切用物綳蓋謂之—。如—紙鷂—燈籠之類。「唐韻」音瞞。「說文」履空也。「酉陽雜俎」寧王當夏中揮汗—鼓。

元稹詩。夜半月高絃索鳴。蘇軾詩。美人如花弄絃索。金石絲竹匏土革木。謂之八音。

「樂書」銅鈸。齊穆士素所造。其圓數寸。隱起如浮漚。以韋貫之。相擊以和樂。

「陳暘樂書」九部樂有拍板。按板聲測然。故曰測板。

招子庸創粵謳。時人目爲南音。唱板眼者。每持龍舟沿門唱之。號龍舟歌。又謂之木魚書。王漁洋廣州竹枝詞。蛋船爭唱木魚歌。按蛋有三種。蠔蛋木蛋魚蛋。木魚歌者。即木蛋魚蛋之歌也。

—鑼。銅器也。或作沙。又作斷。「宋志」駕前皆捧斷鑼。似鑼而小。船上打更者多擊之。

—音黎。耒具也。「廣韵」墾田器。「山海經」后稷之孫。叔均所作。

「釋文」鋤助也。去穢助也。劉章耕田歌。非其種者鋤而去之。

鍪 用以剷泥曰洞鍪「玉篇」臿也。「揚子方言」舂鍪也。江淮南楚間謂之臿。

鏟 以薄鐵製成舀飯烹飪之器曰鏤鏟。「說文」鏶也。一曰平鐵器。「韻會」平木鐵器。通作剷。剗。

鐮 |音廉。「揚子方言」刈鈎自關而西。或謂之|。「鮑照詩」腰|刈葵藿。「韓詩」新月似磨|。

槍 禾槍以竹爲之。兩頭尖銳。「玉篇」木兩頭銳也。「類篇」剡木傷盜曰槍。

朳 杷收麥器。一日平田器。「戰國策」商人無杷銚杜耨之勢而有積穀之實。「玉篇」|無齒杷也。多齒之犂杷。用以杷田。諺有三杷兩|之說。

磨 磨去聲。「說文」石磑也。「正字通」兩石中琢縱橫齒能旋轉碎物成屑也。

碓 碓坎。石臼也。舂臼之木曰杵。謂之舂杵。「說文長箋」鳥食如舂碓然。故碓字從隹。

籮 以竹器載米曰米籮。又如銀籮。飯籮。其用頗多。「揚子方言」箕宋楚謂之籮。江南謂之筐。

篩 |讀若西。篩米所以去米碎也。「前漢」篩土築阿房之宮。「注」篩以竹|爲之。去粗取細也。

攂 攂讀入聲。以桶置橫梯其上。圍以竹笪。取禾攂之。則穀落桶中。謂之攂桶。

簿 蠶所耕絲之器曰|。「正韻」蠶具也。蠶成熟則上簿結繭。

桊 |音券。以鐵環穿牛鼻曰|。「玉篇」牛鼻棬也。「集韻」牛繩鼻謂之|。「說文」|。牛鼻上環「呂覽」五尺童引其|而牛知所以順之也。通作棬。

鑷 |音聶。以鉗箝鬚爲|。引伸之凡鉗物俱謂之|。如烟|猪屎|。「釋名」|攝也。攝取物也。王僧虔謂鬢|爲却老先生。

罾 |音增。「說文」|網也。「陳勝傳」置人所|魚腹中。師古曰。|形似仰傘蓋。四圍而舉之。

罛 |音姑。撒網水中。兩人牽之。曰拉|。諺有一日拉|三日晒網之說。「說文」|魚罟也。

笱 笱音九。捕魚竹器。口有到鬚。魚入不能出。置斷橋流水間曰蝦笱。「說文」曲竹捕魚笱也。

鈎 釣魚鈎之到鬚者。「玉篇」鈎逆鋩爲鐖「集韻」無鍚之鈎。不可以得魚。鐖即到鬚鈎也。

凭 凭讀若憑平聲。几背可依者爲凭。「唐韻」「集韻」並扶冰切「說文」依几也。是几所依處謂之凭。

脁 |音條。長凳爲|凳。長櫈爲|櫈。「廣韻」音絩。|子「集韻」|板。粵語又呼|凳爲板凳。

廣東俗語考

杓殼筤笓鑊鍋鐺缹甑瓷釉泑暴薜窰鉢甌疊簋海盌

丨讀若尙入聲，挹酒器曰酒丨。本作勺。「周禮」梓人爲飲器勺一升。「儀注」勺所以挹酒也。

殼音匡入聲，挹水之器曰水殼。舀飯曰飯殼。「玉篇」物皮空也。如空殼、椰殼之類。

丨音根，所以丨頭髮者。「正字通」今之澤髮騷刷曰丨。

丨音鼻，櫛屬，梳疏而篦密。諺曰，賊過如梳，兵過如篦，言甚於賊也。

鑊音獲，煮飯器。刀鋸鼎鑊，古人用爲刑具，今則爲日用飯具矣。

丨音戈。煮飯器也。瓦曰瓦丨，鐵曰鐵丨。「說文」秦名土釜曰丨。「方言」盛膏者曰丨。

丨音撐，釜器也。有瓦丨，有鐵丨。「通俗文」釜有足曰丨。「緯畧」三足溫酒器。本作鎗。惟粵鎗無足。

丨音褒，以緩火煮之曰丨。「玉篇」火熟也。「陸游詩」自烝雲堂丨粥香，或作缹。疑煲即缹音之變。

甑讀若增去聲。黃帝始作甑。今人用以蒸酒。「說文」甗也。「周禮」甑實二釜，厚半寸。

瓷音慈。陶器之精者。「說文」瓷，瓦器也。「潘岳笙賦」傾縹瓷以酌醽醁。

丨音休上聲。涂於瓷器之白坭坯上，使之有光曰盪丨。「集韵」余救切，物有光也。

丨讀若鈕去聲。顏色濃厚曰丨。「正字通」瓷器色光滑者俗曰丨。引伸爲飽飫之詞，曰飽丨。

暴讀若卜，墳起也。墳起謂之起暴。「周禮」髻墾薜暴不入市。

丨音碧。瓷器燒成裂紋者曰丨裂。「周禮考工記陶人」髻墾丨暴不入市。「注」丨，破裂也。

窰音搖，燒甎瓦之灶曰窰，如甎窰、瓦窰。

鉢音撥入聲。凡頭闊者曰鉢頭。頭者大也。如芋頭、脚指頭、手公頭，有首領之義。

甌音謳。今俗謂盛茶者爲甌。小兒所食以木爲之曰木甌。「說文」小盆也。

疊讀若蝶，俗作㒲。「廣韵」「正韵」疊並音牒，重也，累也。㩜㒲之疊，其形薄，可重疊也。

簋音鬼。載肴曰簋。「易」二簋可用享。「詩」每食四簋。「說文」簋，黍稷方器也。

盌之至大者曰海盌。酒館有海盌、中盌、小盌之別。按裴均鎭襄州設宴，座有銀海。海盌本此。

鐘　爵　壺　瓶　壜　尊　程　缸　甕　甏　缶乏　罌　篅　盂　匙　枱　盖　匳　鉗　桦　兜　盎

「說文」鍾。酒器也。「孔叢子」堯舜千鍾。「正字通」壺也。俗謂酒巵。通作盅。

爵杯。象爵之形。「說文」禮器也。象爵者。取其鳴節節足足也。

酒器。夏商曰尊彝。周制用壺。有方圓之異。「左傳」尊以魯壺。

｜讀若頸平聲。載酒之器。「廣韻」戶經切。似鍾而頸長。一曰酒器。「類篇」或作甄。

「集韻」｜甒屬。「方言」罌。周魏之間謂之｜。「儀禮疏」｜中寬下直。上銳平底。

尊讀若樽。「說文」注酒器。「周禮」六尊。犧尊。象尊。著尊。壺尊。太尊。山尊。以待祭祀賓客

程俗作埕。字書無埕。當作程。載酒器曰程。「韓詩」管仲後至。當飲一經程。此即酒器。「荀子」程者物之準也。酒器有準曰程。

載水之器曰缸甕。「說文」缸。瓨也。甕同罋。又作瓮。「前漢」醯醬千甕。「禮」醯醢百甕。

｜音彭去聲。汲水之器。「字彙」蒲孟切。㼽甕也。

｜讀若塔。「說文」下平缶也。今俗作塔非。

罌讀若厄平聲。「說文」缶也。「廣雅」瓶也。

｜音同。盛箸之器曰箸｜。「廣雅」箸｜一名籫。又名筲。

盂音偏。載飯器。「說文」盂飯器也。「史記」酒一盂。

匙音池。以之飲羹。故曰匙羹。或簡稱爲羹。「說文」匙匕也。「蔡襄茶錄」茶匙要擊拂有力。

｜音枱。切魚肉之板曰｜板。與椹同。「類篇」斫木質也。亦作椹質。「戰國策」臣之胸不足以當椹質。

覆鑊之器曰鑊蓋。亦曰飯蓋。蓋者覆也。覆車曰車蓋。遮雨曰雨蓋。茶盅蓋。水甕蓋。義同。

｜音减。凡有蓋者謂之｜。如｜盅｜鑪之類。又讀若襟上聲。「唐韵」古禫切。音感。覆頭也。

「增韵」器蓋也。

「說文」鉗。以鐵有所刦束也。以鐵成兩股夾而甘之。故曰鉗。

與槃同。盛食物者曰託槃。又曰盛槃也。「說文」承槃。或作柈。

｜音兜。「說文」飲馬器也。「方言」飲馬槖。自關而西。或謂之掩｜。或謂之幭｜今養鷄爲鷄｜

盎上聲。瓦片曰瓦盎。有爛瓦盎之說。「說文」瓮也。「爾雅」盎謂之缶。

廣東俗語考

廣東方言卷十五

釋器具下

遮日曰晾傘。欄風曰雪褸。燈籠曰雪罩。燈蓋曰罩。燈柱曰檠。陳列香燭曰香案。八果盒曰攢盒。杖曰枴杖。門鐶曰門耳。鐵索曰鎖（通鏁）鍊。竹器曰筲箕。播簸棍曰播椎。橐籥曰風箱。衣箱曰籠。書箱曰匱（通鐀）。嫁妝曰匳（通籢）。扁帶曰纏帶。繩索曰纜。以繩束之曰繚。曰繳。曰勒。交捩之曰絞。篾束之曰箍。竹筐曰籃。大筐曰榼（通盒）。杯卜曰珓（通筊）。撈籬曰笊籬。淨口之具曰牙刷。（見前）曰利刮。權曰稱砣。平稱曰尌稱。平斗曰杚。擔挑曰擔杆。荷校曰擔枷。以籌記數曰籌馬。舟曰船。曰艇。曰渡。曰孖舲。曰舢舨。洋船曰舶。戰船曰艦。船肚曰艙。船面曰篷。行船之具曰槳。曰櫓。曰櫂（通棹）。曰橈。曰篙。篙曰撐。橈曰划。正船之具曰舵（通柁）。船檣曰桅。風颿（通帆）曰悝。曰篷。以石鎮船曰碇（通矴）。以鐵投水止船曰錨。橋板曰艞板。木筏曰簰。擱淺曰艭沙。車輪曰轆。車路曰軌。肩輿曰轎。簁輿曰篼。馬繩曰韁。木匠之具規曰擄剪。矩曰曲尺。準繩曰墨斗線。穿木曰鑽。平木曰鉋。界木曰鋸。鑿之曰劉。曲刀曰鏨刀。抵花曰雕（通鋼）花。能開合曰較鉸。釘有旋紋曰螺螄。木片曰木柹。榫（通筍）頭曰指牙。榫眼曰指口。以木撳指牙曰槷。亦曰打櫼。磋骨之具曰錯。穿孔曰錐。模曰坏墣。漆之曰髹（通髤）。洒金曰浧。塗墻曰塡。做木曰鬥木。

𥸲稱曰等。俗作戥彩幟曰標。旌旗曰旛。織布曰梭。剷橫椰曰鍘。以他物決可否曰抽籤。曰執鬮。運動之具曰打毬。曰踢毽。賭博之具曰塞。曰骰。曰骨牌。曰攱枝。曰杈椏。通枒研藥器曰研船。染青料曰靛。通澱紙鳶曰紙鷂。數簿曰帳簿。記數曰登記。紙條曰紙捻。為輪軸引重曰轆轤。食物一盤曰一飣。以蓪草為花曰紙蓪花。雨衣曰蓑。雨帽曰笠。以獸頭飾器曰龍頭。

傘褸 以傘遮雨曰雨遮。「正韵」遮蔽也。古謂之蓋。「檀弓」敝蓋不棄。為埋狗也。又謂之簦。通作繖褸「說文」衽也。無帗義。當作幞。「玉篇」幞頭也。「古樂府」少年見羅敷。脫帽著幞頭。庶幾近之。

䨣 —音邦入聲。物之起泡者曰—。如豆腐—。燈籠—。「說文」—雨濡革也。徐鍇曰。皮革得雨。—然起也。「唐韻」音粕。

罩檠 罩音嘲去聲。燈蓋曰罩。「說文」罩捕魚器也。捕魚者以罩罩魚。燈蓋之形類魚罩。故謂之罩。檠讀去聲。燈柱為燈檠。「說文」檠榜也。音擎。又「集韵」音競。韓愈有短檠歌。

案攢 說文徐注。案所凭也。「周禮注」玉案十有二列。香案亦陳列品。其數五。攢音全。新年載糖果者。內有六格。曰攢盒。「正韵」攢。族聚也。盒有六格。聚於一處故曰攢盒

柺 柺音拐。老人所持曰柺杖。「五代史」耶律賜王峻一木柺。鹵望見避道。

鐶鏈 「正字通」凡圓郭有孔可貫者謂之鐶。門之鋪首有鐶。俗謂之門耳。如鼎耳。爵耳。鏤耳。傑耳。鏈音鍊。金環互相連扣曰鏈。如鏢鏈。頸鏈。「六書故」今琅鐺之類相連屬謂之鎖鏈。

筲擂 筲音梢平聲。竹器。「集韵」斗筲竹器。一曰飯器。擂音雷。擂物之棍曰擂椎。椎通作槌。「玉篇」擂研物也。擂椎又曰—漿棍。

箱籠 風箱橐籥也。「老子」橐籥。「注」橐者外之櫝。所以受籥。籥者內之管。所以鼓橐。吹埵以消銅鐵也。籠音龍上聲。箱籠也。

匱　匳　緶　纜　繚　敹　勒　絞　箍　籃　榼　珓　笊　刮　斠　杚　杆　枷　籌

櫃音跪。書箱曰櫃。「周書」乃納冊於金縢之櫃中。通作匱。後世金匱石室。皆藏書之所。

ㅣ音廉。「說文」鏡ㅣ也。盛鏡之器曰ㅣ。嫁妝謂之嫁ㅣ。「列女傳」置鏡ㅣ中。

ㅣ音邊。帶之扁者曰ㅣ帶「說文」ㅣ交枲也。以麻枲之屬。交錯而成之。今絲帶亦曰ㅣ。讀若扁。

纜音濫。「玉篇」維舟索也。「杜詩」遲日徐看錦纜牽。

繚音聊上上聲。繚者纏也。繚之又繚。即纏之又纏也「說文」纏也「類篇」繞纏也。「禮」再繚四寸。

ㅣ讀若畚。用繩或線繫之曰ㅣ「說文」ㅣ繫連也。周書曰ㅣ乃干。注曰連盾係。

勒「說文」馬頭絡銜也。絡其頭而引之。有抑勒之義。故以繩束緊之亦曰勒。

絞「說文」縊也。「釋名」絞交也。交結之也。兩繩相交而捩之。使之緊急也。

ㅣ音古平聲。以篾束物曰ㅣ。如柴ㅣ。頭ㅣ之類。引伸凡束之使緊曰ㅣ。兩手緊抱其人亦曰ㅣ。

籃音藍。「廣韻」大籠筐也。「廣雅」籃一名曰筐。俗有食格籃。三耳籃。飯籃。

ㅣ音合。有蓋之器曰ㅣ。「說文」酒器也。徐曰。ㅣ之爲言盍也「左傳」行人執ㅣ承飲。通作盒。

ㅣ音敎。杯ㅣ古用玉爲之。蓋卜以是古吉凶者「演繁露」杯ㅣ用兩蚌殼。或用竹根爲之。本作教。言神所敎也。又作筊「石林燕語」高辛氏廟有竹杯ㅣ以一俯一仰爲聖杯。仰爲陽杯。俯爲陰杯。

ㅣ音罩。以竹器撈麵餛者曰ㅣ籬。「廣韻」ㅣ籬竹籸也「元曲選」誰有閑錢補ㅣ籬。籬讀上平聲。

刮音關入聲。刮舌之器也。粵俗諱舌爲利。故曰利刮。「說文」刮摩切也。「周禮」刮摩之ㅣ。

ㅣ音教。斠秤平其先慢曰ㅣ秤。「廣韻」ㅣ音覺。「說文」平斗斛也。「集韻」又作居效切。音教。

ㅣ讀若刮。以米注斗。ㅣ而平之也。「說文」ㅣ平也。又「玉篇」與概同。「管子」鼓釜滿則人概之。

擔物之棒曰杆。「集韻」杆音干。僵木也。又木梃也。「前漢」被鎧扞。擔扞又名擔挑。

枷音加。木囚也。「廣韻」枷。項械也「馬融廣成頌」枷天狗。「說文」校囚也。今之枷。古之校。

凡抹牌。以珠子或骨枝記數。曰籌馬。「禮投壺」爲勝者立馬。一馬從二馬。三馬既立。請慶多馬「注」立馬者取算以爲馬。表其勝之數也。謂算爲馬者。馬爲威武之用。籌馬之說本此。

船舲舢舶艦艙槳櫓櫂橈篙撐划桅舵悝篷碇錨艞簰

船「說文」舟也。「世本」黃帝臣共鼓貨狄作船。「史記」陳船欲渡河。舲讀若棱平聲。形似兩舟合成。故曰孖舲。「集韻」音靈「玉篇」小船屋也。「廣韻」舟上有窗。

舢音山。古無此字。今小船謂之舢板。或謂之三板。言此船之小。三板而成也。舶音泊。「廣韻」海中大船。「集韻」蠻夷泛海舟曰舶。「歐陽修詩」此爲何年隨海舶。

艦音濫。「廣韻」禦敵船。「釋名」上下重牀曰艦。四方施板以禦矢石。其內如牢檻也。艙音倉。古無此字。今以船內所分隔部位爲艙。有前艙後艙中艙之分。猶貯貨之有倉也。

槳音將上聲。楫屬。「揚子方言」所以隱櫂謂之槳。「字彙」縱曰櫓。橫曰槳。「正字通」長大曰櫓。短小曰槳。「韵會」前推曰槳。後抴曰櫂。「釋名」船尾曰舵。在旁曰櫓。櫓用膂力然後舟行也。

櫂音掉。運槳曰櫂艇。「說文」所以進船也。「釋名」在旁撥曰棹「韻會」長曰棹。短曰楫。|音堯。划艇之划曰|。「博雅」楫謂之|。「岑彭傳」冒突露|數千艘。

篙音高。以竹竿刺船曰竹篙。「廣韻」篙進船竿。「揚子方言」所以刺船謂之篙。|讀拆平聲。以篙刺船曰|船。「說文」邪柱也。凡刺船其篙必斜。猶枝|也。

划音杷。以橈撥水曰划。「集韻」划胡瓜切。撥進船。舟進竿謂之划。粵名橈曰划。以竹爲竿曰篙。

桅音維。船上竿木所以排帆者曰桅。「廣韻」小船檣也。舟上帆竿。番舶有三枝桅者。舵讀若太下上聲。「玉篇」正船木。設於船尾。「釋名」舟尾曰柂。拖也。弼正船使順流不他戾也。

字書無悝字。當作帷。以帆之形狀似帷也。篷讀若僕平聲。在檣者爲風篷。即悝也。在船面者謂之船篷。船連帳也。織竹夾箬以覆舟也。

碇讀若鄧。以石壓船。使左右輕重適勻曰碇。如碇天平碇猪石之類。「集韻」錘舟石也。錨音鐃。船泊則拋錨。船行則起錨。「焦竑書俗刊悞」船上鐵貓曰錨。投水中則船不動。

|音跳。船泊岸時。以板置船頭便人上落曰|板。「正字通」舟泊岸置長板與岸接。以通來往。俗呼|板。

|音排。或作筏。「說文」筏海中大船。筏讀若伐。「篇海」編竹渡水曰筏。「方言注」木曰|。竹曰桴。又桴大曰|。

廣東俗語考

艐 轆 軌 轎 箯 繮 規 矩 準 鑽 鉋 鋸 劖 鏨 雕 鉸 螺螄

艐 ｜音扛。船著沙不能行曰｜沙。「說文」船著不行也。本音宗。又「集韻」口簡切。船著沙不行也。

轆 轆音碌。輪之小者曰轆。「正韵」車祭也。又維車也。凡圓轉者俱謂之轆。如轆錢。轆地沙。

軌 軌音鬼。車路也。「說文」車轍也。今之鐵路。有鐵軌以行車。無者謂之無軌電車。

轎 轎讀若驕上聲。肩輿也。以人抬之。古謂之人輂。「嚴助傳」輿轎而踰嶺。宋南渡後始盛行。古人謂之以人爲畜。不敢乘坐也。

箯 ｜音鞭。竹輿也。「史記」上使泄公持節問之｜輿前。注云。編竹木爲｜。舉土器。今之山筦似之

繮 ｜音羌。馬紲也。「說文」馬｜紲也。通作韁。「釋名」韁疆也。繫之使不出疆界也。

規 規「說文」有法度。「玉篇」正圓之器也。其形如剪。旋轉之而圓形成。名曰拾剪。

矩準 矩音舉。正方之則也。形如尺而曲之。故曰曲尺。準平也。繩直生準「易經」易與天地準。通作准。「莊子」平中准大匠取法焉。今木匠之墨斗線。

鑽 鑽音轉去聲。「說文」所以穿也。「漢刑法志」其大者用鑽鑿。注云。鑽臏刑也。又金剛鑽。寶石也

鉋 ｜音匏。平木器。通作刨。以｜平木。所出木片曰｜柴。「正字通」鐵刃如鏟。銜木匡中。旁兩小柄。以手推之。木片從匡孔出。

鋸劖 以鋸開木曰界。「增韵」界分劃也。又離間也。鋸木則分而離之故曰界。劖音鑱上聲。切曰劖。諺有大劖大鑿之說。「說文」斷也。徐曰劖鑿也。通作鑱。鏨也。

鏨 ｜音暫。雕花之刀曰｜刀。又音鑱上聲。木匠之｜鑿也。「廣韵」音暫。鐫石也。「說文」小鑿也。此即｜鑿之｜。

雕鉸 ｜刻花草也。「爾雅」玉謂之雕。又雕謂之琢。「埤雅」雕之義出於雕鶚之雕。雕性刻制故也。鉸音教。以銅爲鉸。可以折疊。又曰釘銅鉸。「玉篇」釘鉸。凡刀柄鞍首皆有釘鉸。

螺螄 釘有旋文曰｜｜釘。按螺之長形者曰｜｜。其身有文旋轉而下。釘之形狀似之。故曰｜｜釘。

柿 榫 槷 櫼 錯錐 墣 髹淫 塓 鬥 等 標 旛 梭 鍘 籤鬮

一音仔○木匠鋸下小木片曰木一○「說文」削木札樸也○「晉書」王濬伐吳造船○木一蔽江而下○

一音筍○剡木入竅也○牡爲一頭○牝爲一眼○「周圻名義考」引程顥語云○柄鑿者一卯也一卯圓則圓○一卯方則方○木匠以所入之筍爲指牙○所入之卯爲指口○

一音孽○物有罅而別用一物○以固之曰一○如一檯脚一高枕頭○一正一穩之類○「唐韻」五結切○摋也「考工記」輪人直以指牙○牙得則無一而固○

一音尖○凡有疏罅○用木摋之曰打一○「說文」一○楔也○「段氏注」木工於鑿柄相入處○有不固○則斫木札楔入固之○謂之一○

錯音初去聲○鐵器之能磨錯者○俗作錐非○「玉篇」錯鑢也○「書」錫貢磨錯○「疏」治玉石曰錯○錐音蕊上平聲○「說文」銳器也○「玉篇」鍼也○「釋名」錐利也○「左傳」錐刀之末○言小也○

坏音胚○一音樸○物之僅具雛形者曰坏一○按陶瓦未燒曰一○「說文」一塊者陶瓦未燒之塊○僅有形模而已○

一音油○「史記」木器一者千枚○注云一漆也○「前漢注」師古曰○以漆漆物謂之一○淫讀若任上聲○以金碎漉之○謂之淫金碎○「周禮」涑帛淫之以蜃○淫即湜也○

一讀若掁○凡牆有隙以灰塗塞之曰一○「說文」一塗也○「左傳」圬人以時一館宮室○

一者湊也○凡整木必湊合之○故曰鬥木○又有鬥筍之說○「說文」鬥遇也○有遇合之意○

戥音等○北以籬起數○故曰籬戥○字書無戥字○本作等○稱量輕重也○所以秤金珠藥物者曰等○

標表也○「禮投壺」請爲勝者樹標○又旌旗也○「清異錄」梁祖建火龍標○

旛音番○旌旗也○諺云○豎起旛竿有鬼來○又孝子買水担旛○喪家物也○

梭音疏○織布以梭行緯○謂之拋梭○

一讀若石戴○所以劗横梆者○「字彙」音扎○切草刀也○

「說文」籤驗也○「玉篇」竹籤用以卜者○故以籤決可否曰抽籤○鬮音鳩○以紙書號碼○使各探之○曰執鬮○「說文」鬮取也○「玉篇」手取也○

毬 毽 塞 骰 牌 杈 研 靛 鷂 登 帳 捻 轆轤 飣 簑 笠 蓪 龍頭

毬音求。「說文」鞠丸也。「荊楚歲時記」寒食爲打毬鞦韆藏物之戲。「初學記」鞠卽毬字。

丨音燕上聲。以沙魚皮及銅錢穿雞毛踢之曰丨子。「帝京景物畧」諺云。楊柳兒死踢丨子。

塞讀若色。博塞戲具。「莊子」問穀何事。則博塞以遊。今謂之擲色。又曰擲骰。「音侯」以六數爲大。故曰骰六。色鉢曰骰鉢。「溫庭筠詩」玲瓏骰子安紅豆。

以烏枚木爲牌三十二。以作博具。俗傳宣和二年所設。高宗時詔班行天下。謂之骨牌。

丨音叉。以木之有枝者叉晒晾。曰丨。枒職「音洞」「說文」丨枝也。徐曰。岐枝木也。

研藥爲末之器。其形似船。故曰研船。「說文」研磨也。又讀若顏。

靛音電。以藍染曰靛。「本草綱目」藍實浮水草者爲靛花。

紙鷂卽紙鳶。紙鳶乃五代漢隱帝與李業所造。俗曰丨子者。以丨飛不甚高而翅直也。見七修類稿

將數目書於簿上曰登簿。「周禮秋官」司民掌登萬民之數。今之登記本此。

數目爲帳項。故名數簿曰帳簿。「漢書食貨志」多張空簿謂浮報也。後世行政官之主計者。多登記供帳之事。故曰帳簿。猶登記軍仗。稱鹵簿也。「北史」蘇綽制計帳戶籍之法。

捻讀若撚。手指搓爲捻。搓成之紙條曰紙捻。「唐韵」一音念入聲。「說文」指丨也。「集韵」揑也

轆轤讀若律螺。圓轉木也。爲輪軸類之引重物。井上汲水。及舟中起錨多用之。

丨音訂。今謂食物一盤爲一丨。「玉篇」唐少府監御饌。用九盤裝纍名九丨食。

丨音疏。以葵葉爲之。禦雨之衣也。「玉篇」丨草衣也。「詩」何丨何笠。「傳」丨所以備雨。

笠讀若立上入聲。雨帽也。西江一帶。謂之大眼笠。「箐海」簦笠以竹爲之。無柄曰笠。有柄曰簦。

通亦作蓪。以通草爲花也。「徐炬事物原始」實錄曰。晉惠帝令宮人插五色通草花。考五色通草花。呂后制。

自來水喉。其嘴曰龍頭。「潛確類書」龍生九子。各有所好。在鐘紐曰蒲牢。好鳴。在胡琴曰囚牛。好音。在橋樑曰蚩吻。好水。在殿閣曰嘲風。好險。在碑碣上曰贔屭。好文。在碑座曰霸下。好負重。在獄門曰狴犴。好訟。在佛座曰狻猊。好坐。在刀柄曰睚眦。好殺。世人因其好而刻於器物上。謂之龍頭。是則自來水之龍頭。當名蚩吻。

廣東方言卷十六

釋動物

鳥飛曰不。鳥食曰啄。（通噣）口含曰銜。斂翼曰塌。蚊咬曰噆。蟲食曰蛀。曰蝕。曰蠹。牛食曰齛。（通齝）狗食曰狧。犬吠曰𤟗。（通𤞟）犬聲曰獚。豬以嘴發地曰齀。蜂刺人曰螫。牛以角觸人曰觕。雞伏卵曰菢。閹雞曰鐓。蟬脫殼曰蛻。魚躍曰跋剌。鳥巢曰蔟。魚子曰卵。雞卵曰蛋。蛋壞曰毈。（前見）蛋心曰殼。（通黃）蠶蟲曰蟳。蠶子曰蚙。魚種曰魚花。馬隻曰匹。鬣毛曰鬃。豬尿胞曰肚。鳥臟曰副胵。牛胃曰百葉。又曰雙胘。鳥受食處曰膆。（通嗉）螺門曰厴。蟹蓋曰拱。豬病曰瘊蝨。鯇魚曰鯇。（通鰀）鱅曰烏鯀。鱎曰白鯀。魴曰鯿（通鯾）魚。紅眼曰鱒。黃頰曰鱤。鱧曰烏魚。鯠曰嘉魚。鰣曰三黎。鱸曰鱘沙。鯆曰鱘龍。鯼曰黃花魚。鱖曰桂花魚。比目曰撻沙。鱭曰鐮刀。鰷曰白飯。烏鰂曰墨魚。大鱔（通鱓）曰鰻鱔。鰼曰泥鰍。（通鰌）河魨（通豚）曰泡哥。鱯曰鮎魚。鯊皮曰沙魚皮。鮧鮎曰塘虱。鯪鯉曰穿山甲。蝌蚪曰雷公魚。蝦蟇曰蛤蚆。癩蝦蟇曰蟾蜍。青蛙曰騎雞。蟈介之屬曰蜆。曰蠕。曰蠔。曰蜯（通蚌）曰司蚶。曰鰒魚。曰響螺。（通蠃）曰江珧柱。水母曰海蛇。（通鮓）蝤蠐曰紫蟲。蠖曰狗毛蟲。蛷曰放光蟲。蜈蚣曰百足。孑孓曰沙蟲。蜣蜋曰屎蟲。蚯蚓曰黃蟺。水蛭曰蜞𧐢蚊蚋曰蠓。牛蠅曰蝱。跳虱曰蚤虱。蟭曰蠅虎。熠燿曰螢火。蝍蛆曰肥豬。阜螽曰蜢。螗蜋曰馬蟷蠰。夜行蟲曰蛣蟹（俗作甴曱）。竈馬曰竈蝦。蟦蠀曰囊尾。蠼螋曰鹽蛇。蝆曰穀牛。蟀蟋曰白翼。蝸牛曰鼻涕蟲。茅鴟曰貓兒頭鷹。鴝鵒曰八哥。蝙蝠曰飛鼠。鴛鴦曰鶺鴒（通鶺鴒）。脊令曰豬屎雀。獫猞曰獵貓。豪豬曰箭豬。乾坤貍曰不求人。鷸羽曰翡翠。蛸蟷曰瑇（通玳）瑁。貝曰雲母。六畜去勢曰閹。

不 啄 銜 塌 噆 蛀 蝕 齝 狧

不音部。鳥飛曰不不飛「說文」不。鳥飛上翔不下來也。按不字以前清官話呼之。作卽步音。

啄音琢平聲。雞食曰啄。本入聲。「說文」鳥食也。「戰國策」俯啄蚊虻而食之。「集韵」通作噣。

銜讀若担平聲。鳥口含泥曰銜泥。「正字通」凡口含物曰銜。本音咸。「說文」馬勒口中銜行馬者也。通作嗛。

塌讀若碻入聲。垂翼曰塌。「集韵」墮也。「討曹操檄」垂頭塌翼。「韵會」託盍切。正是此音。今謂人退敗亦曰塌翼。

—音針。蚊刺曰—。「莊子」蚊虻—膚。則通昔不寐。

蛀音著。蟲食曰蛀。「本草」木蠹蟲亦名—蟲。蝕音食。白蟻嚙木曰蝕「玉篇」日月蝕也。「釋名」日月侵虧。如蟲食草木之葉。「韵會」凡物侵蠹皆曰蝕。虧本曰蝕本。蠹讀若造。

—讀若挨上聲。牛食曰—。「說文」吐而噍也。「爾雅牛曰—注」食之已久。復出嚼之。

—讀若擒入聲。「說文」犬食也。

獿 —讀若口平聲。犬吠曰—。「說文」犬——咳吠也

獷 —讀若宏上平聲。犬聲——然。「說文」犬——不可附也。

螫 螫音角。蜂以尾針刺人曰螫。「說文」蟲行毒也。「詩」莫予荓蜂。自求辛螫。

鼿 —讀若垠。凡猪以嘴掀地曰—。通作⿰豕叕。豕食發土曰—。「廣韻」五很切。獸以鼻搖物也。「張協七命」——林蹶石。

觕 —音鈔。牛以角觸人也。通作觸。「廣韻」音粗。與觸同。

菢 —音暴。雌鷄伏卵曰—。「唐韻」薄報切。覆也。「集韻」鳥伏卵也。通作抱。

鏾 —音線。雄鷄已閹曰—。「正字通」雄鷄去勢謂之—。通作線。「戴復古詩」區別鄰家鴨。羣分各線鷄

蛻 蛻音退。皮脫曰蛻皮。「說文」蛇蟬所解皮。「莊子」蛇蛻也。「史記」蟬蛻于濁穢。

⿱⻊剌 剌音辣。魚躍聲曰跋剌。人跌倒亦曰跋剌。「李白詩」跋剌銀盤欲飛去。亦作撥剌。

蔟 —音門。雀巢曰—。「廣韻」倉奏切。「周禮秋官硩—氏注」鄭司農云。—巢也。讀爲爵—之—。以石擲其巢而毀之。

卵蛋 卵讀若春。魚子曰卵。卵本上聲。亦有平音。公渾切。音蜫。「內則」濡魚卵醬實蓼。讀平聲。粵呼卵作春本此。廣東新語作春。大謬。「字彙補」俗呼鳥卵爲蛋。鴨蛋洲。江上地名。

⿰黃殳 —音黃。蛋內黃也。今作黃。「集韻」—卵中黃也。

蛹 𧊅 [illegible] 匹 鬃 肚 胵 胘 膆 厴 拱 瘯蠡

蛹音湧。蠶結繭後化爲蛹。「說文」繭虫也。蠶化爲蛹。蛹化爲蛾。

｜音苗。蠶初生者曰｜。「玉篇」｜蠶初生也。

魚種謂之魚花。亦曰魚苗。如樹之始開花而後結實也。

馬一隻爲一匹「史記正義」相馬及君子。與人相匹。故曰匹。「韓詩外傳」孔子與顏回登泰山。望見一匹練。子曰白馬也。馬之光景。一匹長也。「文心雕龍」古名車以兩。馬以匹。

鬃音宗。鬣毛也。通作騣。又作鬉。今刷鞋刷。多用鬃毛製成。

肚音睹。猪尿包曰小肚。「廣韵」腹肚也「集韵」胃也。「博雅」胃謂之肚。「韓詩」腸肚鎮煎炒「注」肚音覩。

｜音翅。鷄鴨腸臟曰副｜。「說文」鳥胃。一曰｜。五臟總名。

音賢。「類篇」服虔說。有角曰｜。無角曰肚。又胃之厚肉爲｜。又名草肚。即膍｜也「說文」牛百葉也「博雅」百葉謂之膍｜。又名爲牛雙｜。

｜音歲。鳥受食處曰｜。「射雉賦」裂｜破觜「爾雅」亢鳥嚨其粻｜。注云。受食之處。別名｜。

｜音掩。田螺口有甲曰｜。「五音集韵」於琰切。蟹腹下也。

拱讀若降下去聲。蟹之兩螯。狀類拱手。故謂之拱。

讀若沙摟。猪之有皮膚病者曰｜｜。本音族裸。「左傳」謂其不疾｜｜也。族裸與沙摟聲相類而訛耳。

鯶 鱢 鱎 鯿 鱒 鰄 鱧 鮇 鰲 鱘 鱣 鯼

鯶音挽○有黑白二種○「爾雅」鯇注○今—魚似鱒而大○「唐律」號鯉魚爲赤—公○

—音蘇○因其腥臭故謂之—○有黑白二種○烏—魚又名大頭魚○即鱅魚○又名黑鰱○

白鱎曰—「說苑」陽晝謂宓子賤曰○投綸錯餌○迎而吸之者○陽—也○肉薄而不美○即鱎魚也○

鯿音邊○頭小身潤○「爾雅」注云○江東呼魴爲鯿○其魚多刺背○項縮○昔人有縮項鯿魚刺鯁多之語○

—音巡○上聲○—魚眼紅○故謂之紅眼—「說文」—赤目魚也○

—音敢○黃頰魚也○「本草」一名鰥○—敢也○其性獨行○故曰鰥○又名黃鱨魚「說文」揚也○—名黃頰○

烏魚即—魚○「詩小雅」魚麗于罶魴—○「正字通」今烏魚○「說文」—鱯也○

嘉魚即—魚也○—音未○通作寐○「山海經」諸鉤之山多—魚○「正字通」—嘉魚也○身長細鱗○肉如白玉○出漢沔丙穴中○

—音黎○三—即鰣魚○似魴肥美○四月有之○「雅」黎—○

—音尋○「說文」鮪鮥也○「釋文」鮪似鱣○色青黑○頭小而尖○似鐵兜鍪○口在下遼東謂之頷魚○鱣爲—沙○鮪爲—龍○

—鮮沙魚也「爾雅」○體有斜行甲○無鱗○江東呼爲黃魚○

—音同○黃花魚也○「博雅」石首—也○「正字通」—體厚員而長○腹稍起○扁額○長喙○細鱗○腹白○背黃○小曰黃花○大曰同羅○

廣東俗語考

鱖 粵呼—爲桂花魚。—音桂。「玉篇」—大口細鱗斑彩。「本草」仙人劉憑。嘗食石桂魚。今此魚猶有桂名。

皆 比目魚。一名魪「吳都賦」罩兩魪。音介。江東呼爲王餘魚。目在左曰鮃。在右曰鰈「邊讓傳注」江東呼爲版魚「異物志」一名箬葉魚。俗呼鞋底魚。臨海志曰婢簁魚。俗呼撻沙。

鱎 —讀若齊上聲。「正韵」今鱭魚也「玉篇」刀魚「正字通」言魚形似刀也。「說文」飲而不食刀魚也。又名馬—魚。

鰷 —讀若條。白飯魚。卽白—。—或作鯈音條「正字通」白—形狹而長若條然。「詩」—鱨鰋鯉「注」白—也。

鰂 —讀若賊。墨魚。烏賊魚也。「說文」烏—魚名「正字通」一名。墨魚。狀如算囊。無鱗。八足。見人及大魚至則噀墨。背有骨。名海螵蛸。

鰻 —音文。大鱔曰—「本草」—鱺似鱔而腹大。「爾雅翼」鱔似蛇無鱗。體有涎沫。夏月於淺水中作窟。

鰍 —音秋。與鰌同「爾雅」—注。今泥—穴於泥中。

魨 —通作豚。又名鮭魚。「論衡」鮭肝死人。又謂之鮐。以其腮脹謂之泡哥。

鮎 —音廉。體圓長。頭大尾扁。無鱗。多黏質。口曲而濶。兩頰生細齒。有鬚。背蒼黑色。腹白。大者長二尺餘。卽鰋魚也。

鯊 沙魚之皮甚粗。可以磨錯。海—也。「正字通」六書故曰。以其皮如沙得名。哆口無鱗 胎生。大者伐之盈舟。

[illegible] ——讀若盎札。與塘虱聲相類。故訛爲塘虱。一名黃鱨。又名黃顙。

鯪 鯪音陵。「異魚圖贊」。呑舟之魚其名曰陵。背腹有刺。如三角菱。罟師畏之。網羅莫膺。一說鯪鯉皮曰穿山甲。

蝌蚪 蝦蟇 蟾蜍 蟈 蠝蜆 蠔 蜯 蚶 鰒 螺 珧 鮓 蟜

——通作科斗○「爾雅注」蝦蟆子也○古文似之○故曰科斗文○鳴則脫尾而爲蝦蟆○蛤蠏即蛙○「本草」蛙小者其聲曰蛤○俗名石鴨○所謂蛤子也「韓詩」蛤即是蝦蟆○又名田鷄○

——讀若龠渠○癩蝦蟆也○「本草」蘇頌曰○蟾蜍背上多痱磊○不能跳躍○亦不解鳴○此世人所以目爲癩蝦蟆也○

——讀若拐○「玉篇」蛙別名○「月令注」蟈—蛙也○「急就篇注」蛙一名蟈——○色青小形而長腰○即騎離——也○因其好騎離○故名○

蜆讀若顯○「類篇」小蛤也○「劉臻傳」好啖蜆○以父諱顯○呼蜆爲扁螺○

——讀若雷上平聲○狀如蜆形圓○類錢形○「玉篇」——虫名○非蚌類○疑——即蠃之變音○通作螺○蚌屬○

蠔之生者曰生蠔○腊者曰蠔豉「篇海」蠔蠣也「韓詩」蠔相黏爲山○百十各自生○「注」殼如石曰蠣房○又名牡蠣○

同蚌○讀若旁上聲○「說文」蜃屬○「爾雅」蚌含漿○「呂氏春秋」月望則蚌蛤實○

——讀若堪○「爾雅」魁陸注○魁狀如海蛤○圓而厚○外有理縱橫○即今之——也○「郭璞江賦注」——則徑四尺○背有瓦壟有文○其殼曰瓦屋子○

——讀若包○海味之美者○「說文」——海魚也○音伏○轉平聲爲包○「王莽傳」啖——魚○「廣志」——無鱗有殼○一面附石○其殼曰石決明○入藥○

海螺曰響螺○「爾雅」——大者如斗○出日南○可爲酒杯○粵用此螺作爲吹角○故名響螺○通作蠡

——音堯○海味佳品○「說文」蜃甲也○「爾雅」蜃小者——「江賦」玉——海月○「正字通」江——形似蚌○殼中玉柱長寸許○故曰江——柱○

讀若折○「博物志」東海有物○狀如凝血○從廣方員○名曰——魚○無頭目○無藏○衆蝦附之○又名海母○

柴蟲名○「爾雅」蝤——蝎「注」在木中○白而長○詩人以比婦女之頸「詩」領如蝤——○

蠖 蛷 蜈蚣 孑孓 蜣 蜸 蜞 蠓 蝱 蚤 虩 螢

蠖狗毛蟲也「說文」尺蠖。屈伸蟲也「爾雅」今人布指求尺。一縮一伸。如蠖之步。故曰尺蠖。

一音仇。「說文」多足蟲也。「周禮」凡隙屋除其貍蟲「注」貍蟲肌—之屬。「韓詩」蜿垣亂—。又名錢龍

蜈蚣即馬蚿音賢」一曰百足。博物志」馬蚿中斷兩段。各行而去「莊子」夔憐蚿。蚿憐蛇。以其多足故號百足。

讀若揭厥。此蟲游水際。遇人則沈又名蜎蠉「淮南子」孑孑爲蚊「注」倒跂虫也。化爲蚊。俗呼爲沙虫。

屎虫—蜋也「古今注」—蜋能以土苞糞。推轉成丸。一曰轉丸。

—音顯。蚯蚓也。本音隱「說文」作螾。本草一名曲蟮。一名地龍。入藥用白頸者。江東謂之歌女。

水蛭也「本草」水蛭大者名馬蜞。一名馬蟥。「新序」楚惠王食寒菹而得蛭。因遂吞之。

—音幪入聲。小蚊也。「爾雅」—蠛—。「注」小虫似蚋而喜亂飛。「列子」有—蚋者因雨而生。見陽而死。本讀上聲。

蝱音盲。蠅類。能齧牛。名牛蝱。「爾雅翼」大曰蝱。

蚤音九。虱之跳者。「玉篇」嚙人跳虫也。「續博物志」土乾則生蚤。「曹植論」得蚤者莫不糜之齒牙。爲害身也。

蟲之食蠅者曰蠅虎。「玉篇」—。蠅虎蟲也。古有蠅虎舞涼州之戲。

火蟲曰螢。「禮」腐草爲螢。「古今注」螢一名耀夜。一名熠耀。一名丹鳥。一名夜光。一名宵燭。

蛜蝛 濕蟲也。亦作伊威。「說文」鼠婦也。

蜢 即阜螽「集韵」蚱|。蝗類。似螽而小。

蟷蠰 |讀若浪抗。「爾雅」不過|。注云。螗螂別名。以其驤首如馬故曰馬||

蛣蟼 ||讀若遏疾。

灶蝦 灶馬生灶旁。俗謂之灶蝦。
囊尾 蜻蜓其尾如囊。故曰囊尾。讀若堂眉。

蝘蜓 此蛇好食鹽。故曰鹽蛇。四足。慣緣壁上。「說文」在草曰蜥蜴。在壁曰蝘蜓。亦曰守宮。

蛘 |音養。「方言注」米中小黑甲虫也。建平人呼為羊子。即俗所稱米牛。或曰穀牛。

蜉蝣 |讀若浮游。蟻之有翼者。色白。謂之白翼。

蝸 蝸音科。以其有角。故曰蝸牛。負殼而行。亦有脫殼。狀如鼻涕。故曰鼻涕虫。以其好緣墻壁。故曰鼻緣蝸。緣讀若蘭上平聲。蝸讀若哥。

麻鷹 鴟鴞也。其頭眼類貓兒。故名。又名訓狐。鴟又名茅鴟。按「埤雅」怪鴟一名隻狐。鷙鳥之色麻者。為麻鷹。有麻鷹啄雞。及不管雞仔管麻鷹語 鴟類之鳶。逐鳥之鸇。搏擊之隼。皆名麻鷹。

鴝鵒 「爾雅翼」||謂之捌捌鳥。「正字通」又名八哥。剪其舌端令學語。能人言。又名秦吉了。秦吉即||之聲變。又名了哥。

蝙蝠 飛鼠即蝙蝠。『爾雅』蝙蝠服翼。『揚子方言』自關而東。蝙蝠謂之服翼。或謂之仙鼠。

鵪　鶺　狗　豲　貍　鷸　蠵　貝　閹

鵪讀若菴。鵪鶉也。鶉讀若春。田中小鳥。肥美可口。「夏小正」田鼠化爲鴽。卽鵪鶉也。「畢萬術」蝦蟆得爪化爲鶉。「交州記」南海有黃魚。九月則化爲鶉。此鳥性淳。故曰鶉。

鶺讀若揞上聲、名猪屎鶺。卽春令二字之合音。全身俱黑。「陸機疏」春令大如鷃雀。頸下黑如連錢。

狗之能捉獵者曰獵狗。有獵狗終須山上喪語「詩」載獫猲獢。「說文」獫長喙犬。猲獢短喙犬。皆能獵者也。

野猪有箭毛射人者曰箭猪。「山海經」竹山有獸如豚。白毛大如笄而黑端。曰毫彘。「注」垣猪也。能以脊上毫射物。

乾坤貍。此貍自爲牝牡。名不求人「山海經」亶爰之山有獸。狀如貍。名曰類。自爲牝牡。「揚雄傳注」豪猪一名豲。自爲牝牡。皆不求人也。

鷸音骨。「爾雅」翠鷸、「說文」翡赤羽雀也「異物志」翠鳥形如燕。赤而雄曰翡。青而雌曰翠。婦女用作頭包曰翠圍。又以飾儀仗。曰翠門。翠亭。至以翡翠名玉。指其色而言。

蠵瑇瑁也。瑇瑁讀若道梅。龜屬。甲有文。瑇本作玳音代。瑁音妹「史記」瑇瑁鼈黿。「注」似龜蠵。甲有文。可以飾器物。

貝類曰雲母殼。「說文」貝。海介虫也。古人取其甲以爲貨。如今之用錢。至秦廢貝行錢。粵謂貝爲雲母殼。

六畜去勢曰閹「臞仙肘後經」扇馬。宦牛。羯羊。閹猪。鐓雞。善狗。淨貓。各有名目。「郭崇韜傳」謂繼岌曰。當盡去宦官。至於扇馬亦不可騎。牛之已閹者曰犗。音戒「說文」犗牛也。又曰犍。音堅。猪之已閹者曰豶「易」豶豕之牙吉。馬之已閹者曰騬。音增。謂之曰攻特「周禮」祭先牧攻特。羊之已閹者曰羠。

釋植物

花蕾曰弓。瓜心曰瓤。樹枝曰椏。枝身曰梗。芋葉曰苑。菜芽曰芛。果鼻曰蔕（通蒂）。樹癭曰節。樹根曰蔃。出笋曰茁。有刺曰竻。禾草曰稈。米皮曰糠。竹皮曰籜。樹倒曰撳。穀虛曰癟。樹茂盛曰婆娑。種禾曰蒔。除草曰耨。禾一熟曰一造。果之屬曰橄欖。曰香櫞。曰馬蹄。曰薏米。曰瓜仁。曰芡實。枳椇曰萬壽果。曰五斂。曰人面。蔬之屬。胡荽曰元荽。菁曰韭黃。蘿曰菂子。香菜曰茼蒿。山柰曰沙薑。茄曰矮瓜。地蕈曰菌。曰草菇。生於木曰栮（通栭）。水蔬曰蕹菜。菠薐曰菠菜。菘曰白菜。菜脯曰雪裡蕻。香葉曰薰。雲參曰熟菸（通烟）。神草曰人蓡（通參）。蔦曰寄生。萱（通諼）草曰金菜。與檳榔夾食曰荖。用以裹粽曰冬葉。栟櫚皮曰椶衣。蘋曰浮薸。水藻曰鰓草。蘚曰青苔。毒藥曰胡莽強。賽蘭曰米仔蘭。拔子曰番石榴。薜荔曰木饅頭。耶悉茗曰素馨。

弓 —讀若笠平聲。花蕾未開曰含—。「說文」—。草木之華未發函然。亦謂之花蕾。

瓤 —音囊。瓜肉如絮者爲—。—壞者曰倒—。「正字通」音穰。—爲瓜中實。與犀包相連。白虛如絮有汁。本草謂之瓜練。

椏 —音鴉。樹枝也。「楊子方言」江東謂樹岐曰杈椏。「玉篇」木杈椏。杈音叉。「說文」杈枝也。徐曰岐枝木也。

梗 —讀若框上聲。樹幹爲梗。本音鯁。梗塞。梗槩。又訓作枝梗。「戰國策」桃梗與土偶語。

莢 笋 蔕 節 蔃 竻 稈 穅 籜 撇 𤸎 婆娑

莢讀若呷。芋葉爲莢。凡有外殼者亦謂之莢。「博雅」豆角謂之莢。中爲豆實。外卽梜也。

—讀若潤上聲。又讀遠。筞芽也。「說文」羊捶切。「爾雅」蒤—箮華榮「注」此別草木榮華之異名。俗呼草木華初生爲—。

—讀若訂。瓜與藤相連處爲—。「說文」瓜當也。「西京賦」—倒茄於藻井。「注」—果鼻也。

讀若鏈入聲。竹通心。長尺許。則有節不能通。凡植物枝幹約束處爲節。如蕉節之類。「易」其於木也。爲堅多節。

蔃上聲。根也。考各字書。蔃字無作根解者。以蔃爲根。粵語有之。或云卽本字之聲變。

—音勒。竹之有刺者曰—。「肇慶府志」—竹名。俗呼勒竹。有刺而堅。肇與新州舊無城。宋郡黃濟。募民以—竹環植之。鷄犬不能徑。「廣東新語」—竹。一名澀勒。廣人以刺爲勒。又名勒竹。

稈音干上聲。稻草也。「說文」禾莖也。「左傳」或投一秉稈。通作秆「博雅」稻穰謂之稈。稷穰之稉一名槀。

米皮爲—。「說文」—。穀皮。「莊子」播—眯目。「說文」稴—也。聚禾去皮故從會。

—讀若殼。竹皮也。「集韻」音託。「謝靈運詩」初篁苞綠—。「注」—竹皮也。今呼竹殼。以其形似殼也。

—讀若斑去聲。樹倒曰—。凡木之自跌者亦曰—。「韓詩外傳」草木根荄淺。未必—也。飄風與暴雨墜。則—必先矣。「集韻」紀劣切。音蹶入聲。撥也。去入一聲之轉。

—讀若枯入聲。穀之無米者曰—。「廣韻」音撇。枯病也。「堅瓠集」丞相作事業。專用黃桑葉。一夜西風起。乾—。

二字讀去聲。樹茂盛也。「說文」舞也。舞態婆娑。讀平聲「詩」子仲之子。婆娑其下。又作衰落解。此樹婆娑生意盡矣。

詩 薅 造 橄 櫞 茈 薏 瓜 芡 稹 蝨 畲

蒔音侍。插田曰蒔禾。「揚子方言」蒔更也。爲更種也。「姚萇載紀」萇命其將。于一柵孔中蒔樹一根。以旌戰功。

薅音蒿。耘田爲薅草。「說文」薅。拔去田草也。「詩」以薅荼蓼。

物之出世爲造。桑造。蠶造。早造。晚造。最盛曰大造。將完曰末造。完了曰過造。末造見儀禮。夏之末造也。

橄讀若耕去聲。青果也。「唐韻」音敢。「三輔黃圖錄」漢武帝破南越。得橄欖百餘本。一名諫果。

｜音圈。又名佛手。以其像手而多指。故名。「埤雅」｜果名。似橘。一名枸｜。今人謂之香｜。南方草木狀。作鉤緣子。

｜曰馬蹄。本名鳧｜。「劉元傳」掘鳧｜而食之。「本草」一名烏芋。俗名勃薺。粵呼馬蹄。象其形也。

薏苡薏米也。「本草」薏苡仁紅白花。結實青白色。形似珠而稍長。一曰囘囘米。

瓜實曰瓜子。又名瓜仁。「說文」瓣瓜中實。一名瓠犀。「爾雅」瓠棲瓣。瓠棲即瓠犀也。

芡實。以肇慶爲佳。故曰肇實。亦謂之芡。「說文」芡雞頭也。「周禮」加籩之實。芡蔆脯。

｜｜讀若質具。「玉篇」｜｜曲枝果。又名雞距。俗謂之萬壽果。形類卐字也。

五斂子見「南方草木狀」。上有棱五。如刻出。南人呼棱爲斂。故因以名。味酸。其甜者謂之楊桃。

「南方草木狀」人面子如桃實。無味。其核正如人面。故以爲名。

荽　菁　藠茼薑茄菌菇　栭　蕹　菠　菘　蕻　薰　蓼

荽音西○香菜也「唐韵」音綏○胡荽香菜○張騫使西域得胡荽○「閒居賦」蓼荽芬芳○今謂之元荽○

韮之黃者爲韮黃○其心爲韮菜心○花爲韮菜華○「說文」菁韮華也○「廣雅」韮其華謂之菁○

—音轎○「本草」薤一名—子○或作蕎非○

—音同○「正字通」引函史物性志○—蒿杏可茹○

李時珍曰○山柰本名山辣○訛爲三柰○山又訛爲沙○根葉類薑○故曰沙薑○

茄讀若騎馬之騎○俗名矮瓜○「本草」茄一名落蘇○「王褒僮約」別茄披葱○

菌音羣上聲○生於山野○狀類冬菇○隱花植物之一類○狀如傘○有蓋有柄○種類甚多○無毒者可食「說文」菌地蕈也○

菌類○以糯草發成○曰草菇○又有一種名磨菇○又一種名冬菇○

木所生芝栭爲木耳○以形象耳○故名「內則」芝栭菱椇○「本草」木生者爲—○地生者爲菌○

—音甕○生水上○中通有節○葉長○可作蔬○「南方草木狀」—葉如落葵而小○治冶葛毒○名曰—菜○南海有浮沉之田○—浮田也○

菠音波○菜之紅根綠葉者○「玉篇」菠薐菜○「嘉話錄」出自頗陵國○「唐會要」尼波維國獻菠薐菜○類紅藍○

—音菘○俗謂之白菜○黃芽者曰黃芽白○「南史周顒傳」秋末晚—

—音洪○菜脯也○出四明○雪深諸菜凍死○此菜獨青○故名「唐韵」草菜心長曰—○今名雪裡—

香草也○婦女愛其香○常藏之○「說文」薰香草也○古人祓除○以此草薰之○「山海經」浮山有草曰薰○配之已癘○

蓼味辛○故曰辣蓼○「說文」蓼辛菜○「詩」予又集于—○又雲—○烟葉也○

葠　蔦　萱　茬　椶（冬葉）　薸　鰓　苔　莽　蘭　榴　薜荔　素馨

葠 —音心。藥名。人—藥草。「本草」—一名神草一名地精。年深浸漸長成 根如人形。故謂之人—。通作參。「本草」人—。元—。沙—。丹—。苦—。共有五—「博雅」鹿腸元—。苦—沙—。

蔦 —樹上寄生草也。生於桑曰桑寄生。「說文」蔦。寄生草也。「詩」蔦與女蘿。「注」此草由鳥啄食其核糞於別樹也播種。故從鳥。

萱 萱通作諼。忘憂草也。又曰宜男草。俗稱金針菜。

茬 —讀若摟「西溪叢話」閩廣人食檳榔。每切作片。蘸蠣灰。以—葉裹嚼之。俗作蔞僂。

椶 「南方草木狀」冬葉薑葉也。苞苴物交廣多用之。今用以包粽。謂之裹蒸粽。—音宗。俗作棕。—皮曰—衣。「說文」栟櫚也。以其皮作簑曰—簑。

薸 浮—萍也。浮讀若蒲。—音瓢。萍之大者。「揚子方言」江東謂浮萍爲—。土人採以飼猪。曰猪—。

鰓 鰓音西。「羣芳譜」聚藻葉細如絲。節節連生。即水蘊也。俗名鰓草。又名牛尾蘊。

苔 石生青衣者爲青苔。「韵會」苔蘚也。又名重錢。一名垢草。「杜詩」隨意坐莓苔。

莽 胡莽讀若胡滿。斷腸草也。卽鈎吻草。食之腸斷而死。

蘭 「華夷花木考」蜀有花名賽蘭。花如金粟。香特馥烈。陳白沙詩。南有賽蘭香。卽米仔蘭。

榴 「詒安舊志」番石榴。一名拔子。俗又謂之番棯。又名鷄屎果。

薜荔 薜荔卽木饅頭饅音文。「說文」薜牡贊也。卽薜荔。「離騷」貫薜荔之落蕊。

素馨 「南方草木狀」耶悉茗花。胡人自西國移植南海。女子以絲穿花心。以爲首飾。名曰素馨。

跋語

此書發刊後。陸續尚有發明。容日刊諸續集。請敎高明。再閱者倘有發明務乞不吝賜敎。俾在續集刊登。仍將發明者注明某君來稿。斷不掠美。不佞係爲研究方言起見。自知此書尚未完備。特廣爲徵求。望、博雅諸君。出其緒餘。以匡不逮。

仲南謹誌

痾濁專家

廣州 志強醫所

担任天 四天內……痊愈痾濁
星期內……治愈入骨

嘗考花柳一症。遺害最烈。調治苟得其宜。則指日而愈。然治之苟失其法。則變症莫測。本醫生專門治理此疾。倘有屢治不愈之症。「花柳纏症。」「梅毒入腦。」「穿爛魚口。」「淚濁爛痾。」或痛或不痛等狀。請速至本所澈底清理。可預定日期痊瘉。「設有房舍。」「用藥利便。」可在所立刻服藥。病者極感利便。「門診壹員暫收四毫」花柳主任醫生吳志初。李國強。

地址西關光復中路四十四號。式樓。「每日上午八點開診至下午四點止。」

袁國榮
專醫遺精

有日久初起有夢無夢神經衰弱耳鳴耳聾頭暈眼花眼起黑圈善忘腦病驚悸頭痛潮熱盜汗夜尿早洩後餘濤陽痿嗣艱失眠小腸疝氣等症均能撤底治療通問症附郵即覆函

寓廣州市西關寶慶新中約七號

經病救星

此丸早已風行長江流域及黃河南北各省總店河南南華西路五十號

特精緻美術鐵盒裝璜別家所無者

多服佛仔牌婦科至寶丸有下列八保

壹保無子宮寒冷
式保無月經不調
叁保無閉經血崩
肆保無經前腹痛
伍保無經後腹痛
陸保無產後虛弱
柒保無長流赤帶
捌保無身體孱弱

男子多服身體康健益壽延年

顏尚和堂監製

（著作權第壹聲）

分韻廣州八聲譜

奉准國民政府西南政務委員會註冊並發給著作物著字第壹號執照壹紙西南著作品獲有著作權者當以此爲第壹聲也此書調聲識字無師自通家有子弟者不可不買此書工商失學者不可不讀此書爲教員者不可不備此書

禺山酒店

地方通爽
空氣充足
招呼週到
適適皆宜

地址：惠愛中路城隍廟前
電話：壹叁伍捌陸

嶺南藝苑

美術科 徵求男女學員

日學組 夜學組 星期組 函授組

主任 趙少昂 黃少强

附設製版科 實用畫科 由經驗專家教授

廣州市西關十一甫馬路怡慶里

章程函索即付

國醫 張清泉

醫館在南關西橫街八和坊弍拾弍號

醫師 區受天

擅醫花柳咳症

醫寓蘭桂坊內

本書寄售處陳麗川報局

香港中環昭隆街十二號三樓

本書訂悞

跋 內掠美之美字悞作尾 研究悞作硏究 特更正

孔夫子演義

現在國華報刊登不日有單行本出版

介紹名醫

羅惠良藥局主任 積庭 景衡

精理各種頑毒惡瘡陽瘡陰瘡乳瘡一切瘡科均能治理應效神速醫術別有心得向為社會人士信任確有藥到回春之功　先生慈心濟世貧者醫藥減贈非與圖利醫者可比特為介紹俾患瘡疾者知所問津　醫館在十三甫

黎沛森介紹

崔春暉堂

就是保壽宜男大丹……耑治
體虛血弱乏嗣腎病婦科
一般虛症應效如神

補品之王

每瓶

陸元　叁元　壹元

總發售在廣州第
里式號

民國弍拾弍年十二月初版

廣東俗語考 每卷定價伍毫

著者 孔仲南

發行 南方扶志

印刷 五羊印務局

分售處

廣州 十二甫石經堂

八甫文[illegible]書局

十八甫品經堂

第八甫古經閣

永漢北 [illegible]閣

廣州圖書消費合作社

現代書局

香港 聚珍書樓

書名：廣東俗語考
系列：心一堂　粵語・粵文化經典文庫
原著：孔仲南
主編・責任編輯：陳劍聰

出版：心一堂有限公司
通訊地址：香港九龍旺角彌敦道六一〇號荷李活商業中心十八樓〇五一〇六室
深港讀者服務中心：中國深圳市羅湖區立新路六號羅湖商業大廈負一層〇〇八室
電話號碼：(852) 9027-7110
網址：publish.sunyata.cc
淘宝店地址：https://sunyata.taobao.com
微店地址：　https://weidian.com/s/1212826297
臉書：　　https://www.facebook.com/sunyatabook
讀者論壇：　http://bbs.sunyata.cc

香港發行：香港聯合書刊物流有限公司
地址：香港新界荃灣德士古道220～248號荃灣工業中心16樓
電話號碼：(852) 2150-2100
傳真號碼：(852) 2407-3062
電郵：info@suplogistics.com.hk
網址：http://www.suplogistics.com.hk

台灣發行：秀威資訊科技股份有限公司
地址：台灣台北市內湖區瑞光路七十六巷六十五號一樓
電話號碼：+886-2-2796-3638
傳真號碼：+886-2-2796-1377
網絡書店：www.bodbooks.com.tw
心一堂台灣秀威書店讀者服務中心：
地址：台灣台北市中山區松江路二〇九號1樓
電話號碼：+886-2-2518-0207
傳真號碼：+886-2-2518-0778
網址：http://www.govbooks.com.tw

中國大陸發行　零售：深圳心一堂文化傳播有限公司
深圳地址：深圳市羅湖區立新路六號羅湖商業大廈負一層008室
電話號碼：(86)0755-82224934

心一堂微店二維碼　心一堂淘寶店二維碼

版次：二零二零年十二月初版，平裝

定價：港幣　七十八元正
新台幣　二百九十八元正

國際書號 ISBN　978-988-8583-58-4